帥醫筆記

之6 晴天霹靂

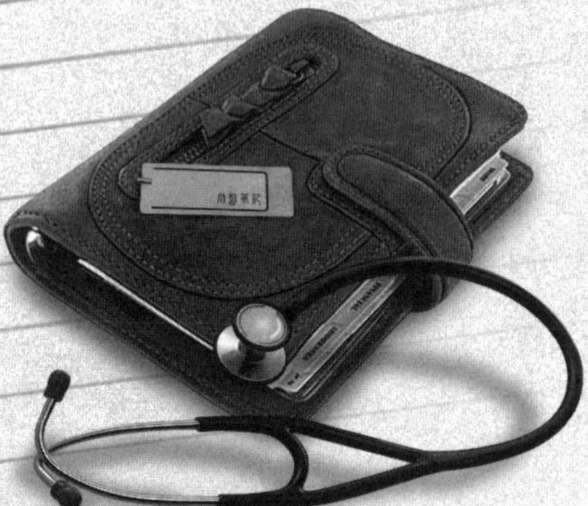

司徒浪◎著

我是一名婦科醫生。

每天，我都會接觸到女人那些難以啟齒的病痛，

我的職責便是為她們解除痛苦。

假如我看她們的笑話，出賣她們的隱私，

將她們的病痛當做閒聊話題，我就是個毫無廉恥的卑鄙小人。

我總認為女人比我們男人乾淨，她們不像我們男人，

為了競爭爾虞我詐，用心計、耍手腕，

她們心地善良單純，我因此本能地對她們產生憐愛。

我覺得女人真是一種奇怪的動物，她們有時候很難讓人理解。

女人的情感，就彷彿是天上飄著的一片雲，來無影去無蹤。

有時候你會覺得她們很變態，真的，她們固執起來的時候真的很變態。

說到底，男人或許是一種極端自私的動物，在他們眼中，只有獵物，沒有女人。

於是，許許多多說不清道不明、不便說也不能說的事情發生了。

而我只能將一切藏在心中，或者，寫入我的筆記……

——馮笑手記

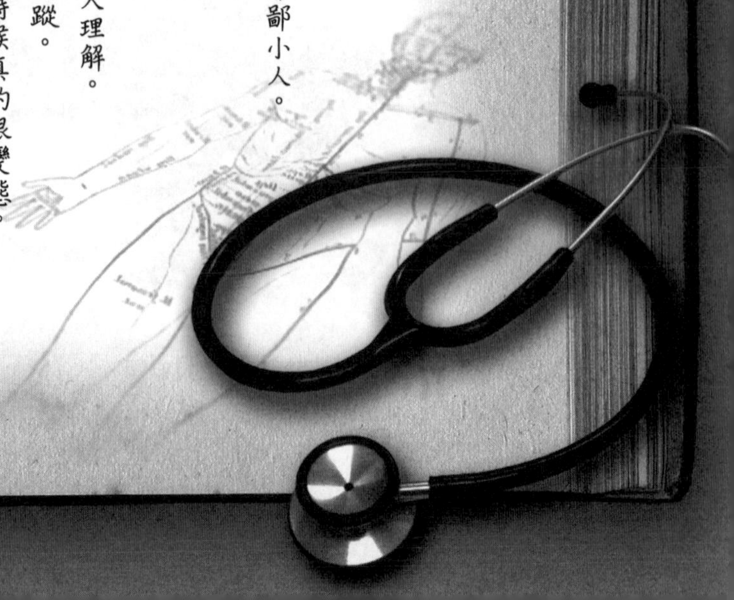

目錄

帥醫筆記

第一章

昨日離婚今日結婚

「你不是和你妻子離婚了嗎？
你不是曾經告訴我，你絕不會和她離婚的嗎？」
我感覺到電話那頭的她，一定是在冷笑。
「童警官，這是我的私事。請你不要干涉好不好？」
我心裏頓時不快起來，
我想不到自己竟然在一天之內碰上了兩個干涉我婚姻的女人。

病人已經安排在手術室裏了，麻醉已經完成。這樣的情況下，我不可能按照程序洗手，而是直接戴上手套就到了手術臺上。像這樣的病人，根本就不容耽誤一分一秒的時間，否則很可能造成病人的死亡。

我一邊給病人消毒，一邊詢問病人的基本情況，並吩咐輸血。

我們婦產科對這樣的病人已經有了一整套處理措施，她到了醫院的第一件事情，除了診斷就是配血。

我發現，這個病人的腹部有一道傷口，應該是曾經做過剖腹產手術的病人。我快速地劃開她的下腹部，很快就找到了她的出血部位，然後就是切除子宮外孕囊腫和止血。

整個手術的前面，我沒有用到十分鐘的時間。待病人的情況稍有好轉，血壓基本穩定之後，我才開始慢慢給她關腹。

護士把她送到了病房。

我去給她開醫囑。這樣的病人現在最首要的是特別護理，還有加大抗生素的用量，因為畢竟在消毒上沒有做到嚴格。在對待這樣的病人上，挽救她的生命才是第一位的。

當這個病人的急診病歷出現在我面前的時候，我頓時大吃一驚——她，竟然是余敏！

她曾經也是因為子宮外孕到我們科室住院，就在我的病床上，那次是蘇華給她做的手術，也是在晚上。而且，我還因為她認識了常育。她曾經是端木雄的情人。讓我想不到的是，今天晚上，她竟然再次來到我們醫院，而且還是同樣的一種情況。子宮外孕。

我的腦子裏頓時浮現出那張漂亮的臉龐來，我不禁懷疑——這個余敏就是曾經的那個余敏嗎？

按捺住內心的好奇，我很快地開完了醫囑，然後去到了這個叫余敏的病人的病房裏。當我看到她那張顯得有些蠟黃的臉時，不禁在心裏長長地歎息了一聲。

就是她。

她的臉雖然蠟黃，而且還有些脫形，但我還是一眼就認出了她來。她曾經給了我那麼深刻的印象，所以，她的樣子已經深深印在了我的腦海裏。

她在沉睡，因為麻醉還沒有醒。

給她做了一次檢查後，我回到了醫生辦公室，心潮起伏。現在，我不可能再去睡覺，因為我還得寫完手術記錄。

「醫生……」忽然聽到有人在叫我，一個男人的聲音。

我抬頭朝辦公室的門口處看去，發現是一個長相帥氣的年輕男子。

「你好。」我看著他，「請問有事嗎？」

「我是剛才您做手術的那個病人的男朋友，我想來問問她的情況。」小夥子對我說。

他和她倒是一對。我在心裏想道，隨即請他坐下。

「醫生，她現在的情況怎麼樣了？」他問道，很著急的樣子。

我朝他微笑，「不是已經搶救過來了嗎？從目前的情況來看，她的病情已經很穩定了，現在只需要時間恢復。」

「謝謝你，醫生。」他感激地道。

「不用謝。」我說，「你放心吧，現在她已經沒事了。」

「她究竟是什麼病啊？」他問道。

我驚訝地看著他，「你還不知道？」

他點頭，「我和她晚上一起吃飯，然後陪她去她一個朋友家裏打麻將。一直到接近一點，才結束了牌局，然後，我送她回家。可是，在回家的路上，她就開始叫肚子痛。我還以為是晚上吃了什麼不乾淨的東西，於是就送她到醫院來了。可是，到了急診科的時候，她的臉色卻變得蒼白起來，而且說她的肚子越來越痛了。醫生檢查後發現她已經休克了，這才馬上送到你們科室來。那位急診科的醫生說，他說……余敏得的是什麼子宮外孕。我不明白這是一個什麼樣的病。我想，既然是孕，怎麼可能在子宮外呢？」

我頓時警覺起來，「你真的是她的男朋友？」

他點頭，「這還需要懷疑嗎？」

「你和她同居過嗎？」我又問道。

「醫生，你幹嗎這樣問我？」他詫異地問道，隨即臉上紅了一下，「前幾天我們才確定了關係，現在的年輕人同居有什麼奇怪的？」

我頓時明白了：余敏這次子宮外孕不是我眼前的這個年輕人製造的。但是我卻感到很為難，因為我不可能繼續向他解釋余敏的事情。

「今天已經很晚了，我得馬上寫手術記錄，你也去休息吧，我也得早點睡覺呢。科室裏這麼多的病人，我必須保持精力。對不起。」我說，其實是在趕他走。

「醫生，你不說我也明白。」他說道，「我只是想來證實一下罷了。哼！我早就說了，醫藥代表沒有幾個乾淨的！」

他說完後就離開了。

我看著他離去的背影失神了很久，隨後歎息：這個余敏啊，怎麼這麼倒楣呢？

我躺在床上一直睡不著，因為我腦子裏不住地想著余敏的事。我不禁感歎：雖然她的生命再一次被挽救了回來，但是她的那個男朋友卻肯定已經丟失了。

對於余敏的事情，我並沒有把它當成是一種偶然，因為她有著同樣的病史，而且她依然沒有改變她從前的那種生活方式——既然她的這次子宮外孕不是她男朋友製造的，那就說明，她還有其他的男人。

我不禁歎息：她如此不珍惜她自己，這就是結果。

「我早就說了，醫藥代表沒有幾個乾淨的！」余敏那個男朋友的話，一直在我耳邊迴響。

後來，我還是迷迷糊糊地睡著了。

第二天早上，我吃了早餐後去查房，首先去到的就是余敏那裏，因為她是剛剛動過手術的病人。

我進去的時候，她已經醒了。

她看到我的時候，即刻就認出了我來，她詫異地問我道：「馮醫生，我怎麼住到你們科室來了？」

「你還不知道吧？昨天晚上你很危險的。要不是送你到醫院及時，我們的手術迅速的話，後果不堪設想。」我說。

「我是什麼病？我男朋友呢？」她問道。

「和上次一樣。」我歎息。

她張大著嘴巴看著我，眼角在流淚，低聲地道：「我知道了。」

我去給她檢查。

她的身體一動不動，雙眼直直地在看著天花板，眼淚流淌得更厲害了。

她的狀況倒是不錯，不過我很是擔憂，我現在最擔憂的是她的情緒，但卻又無法找出一句勸慰她的話來。

在這樣的事情面前，我感到無能為力。

幸好她住的病床不是我的。我在心裏歎息著離開。

「馮笑！」猛然地，我聽到她在身後叫我，叫我的名字。

我轉身詫異地去看她。

「你幹嗎要救我？你幹嗎要救我?!」她對我歇斯底里地叫道。

我一怔，即刻離開。心裏唯有歎息。

早上交班的時候，我給余敏的主管醫生說了她的情況，「她的身體倒是沒什麼問題了，不過，我很擔心她現在的情緒。」我擔憂地說。

「有些事情我們是管不了的，我們只負責她的病情。」主管醫生不以為意地道。

我默然。

她說得並沒有錯，但是，我覺得她太冷酷了。現在我很為難，因為我是昨天晚上的夜班醫生，到現在為止，我已經完成了對余敏的救治工作，接下來，她的事情就與我無關了，除非是她出現因為我手術不當造成的醫療事故。

在同一個科室裏面，非常忌諱去干涉其他醫生的工作。醫生也是屬於知識份子，而知識份子最不能接受的就是，被別人懷疑到自己的水準。

在同一個科室裏面，如果有自己的熟人在這裏住院，但卻不歸自己管的話，只能委託其主管醫生照顧，而不能去插手具體的治療。這是最起碼的規矩。現在，如果我再去關心余敏的話，那位主管醫生肯定會懷疑我的企圖的。

所以，我只有歎息，交完班後就即刻出了醫院，然後給陳圓打電話。

今天陳圓穿得有些特別。她的皮膚白皙、身材也不錯，再加上她的容顏姣好，本來穿什麼衣服都很漂亮，但是她今天穿的卻是一件紅色的羊絨短大衣，下身是一條淺色的西褲，腳下是一雙紅色的皮靴。

這讓我覺得有些怪怪的。

「幹嗎穿成這樣？像村姑似的。」我笑著問她道。

「她讓我這樣穿的，都是她給我買的，她說這樣喜慶。」她羞澀地道。

我不禁歎息：一個人的性格已經定型，要讓她即刻改變，可不是那麼容易的事情。不過，我聽得出來，她還是不習慣稱呼施燕妮為「媽媽」。

「走吧。」我說。她卻在看著我。

我朝自己的身上看了看，苦笑道：「登記嘛，隨便就行。」

今天，我確實夠隨便的。一條平常經常穿的牛仔褲，上身一件毛衣，腳下是一雙沒有擦過的黑皮鞋，看上去髒兮兮的。不是我事前沒有想過要好好打扮一下，是我實在做不到喜氣洋洋地去登記。趙夢蕾在我心裏的影子，始終揮之不去。

我感覺，今天的事情就好像是一項必須要去完成的任務。

可是，當我看見陳圓這副打扮的時候，心裏便開始內疚起來，因為我覺得，自己今天這樣的穿著，有些對不起她。今天的事情對她來講，畢竟是她的第一次，她與我完全不同。

我的戶口在醫院，所以，登記結婚的地方與上次我和趙夢蕾的是同一個地方。當我和陳圓到了這個地方的時候，我內心忽然不安起來，而且感到彆扭得很厲害。

婚姻登記處很會做生意，他們開設了一家小照相館。我和陳圓在小照相館裏面照相，並付了幾倍的價格後，很快就拿到了照片。然後去登記。

把結婚所需要的東西全部遞交給了辦事員後，我們就在那裏等候。陳圓似乎很緊張，她挽住了我的胳膊，我感覺到她的手在我的胳膊上面顫抖。

我內心的柔情驟然地升起，輕輕拍了幾下她的手。

「我好緊張，我們出去一會兒再進來吧。」她低聲地對我說。

我看著辦事員不緊不慢的樣子，於是點了點頭，然後帶著她準備出去。

「別離開。」辦事員忽然對我們說道，聲音平淡如水。

我們只好站住了。

辦事員在仔細看我們的資料，然後把我們的身分證號碼輸入到了電腦裏面。

她抬起頭來看我，「你不是昨天才離婚嗎？」

「怎麼？有問題嗎？」我問道，心裏很難受，也很忐忑。

「現在的人都是怎麼啦？昨天離婚今天就結婚。」辦事員說，奚落的語氣。

陳圓在我身旁，非常緊張，她緊緊地將我的胳膊拽住，讓我的胳膊有些生痛。

我心裏有些惱怒了，冷冷地對她道：「如果你覺得我們不符合結婚的規定，你可以拒絕辦理。」

「我在這裏這麼長時間了，還沒有見過你這樣的男人，昨天離婚今天就結婚，而且娶的還都是漂亮女人。真夠無恥的。你還得意個啥勁？」她不怒反笑，不過說出來的話，卻非常的難聽。

我朝她伸出手去，「給我！」

「幹啥？」她似笑非笑地看著我。

「把我們的東西還給我們。」我冷冷地說。

她大笑，「別著急嘛。怎麼？不想結婚了？你們不是很著急嗎？既然怕別人說，就不要這麼著急啊。」

我看著她，覺得她極其面目可憎。

說實話，如果這位辦事員不是女人的話，我肯定會馬上發作起來的。我是婦產科醫生，知道女人在婚姻問題上的保守，而且，她們對男人的花心還會更刻薄一點。不需要分析，很明顯，我面前這位辦事員的婚姻應該剛剛遭遇了不幸，不然的話，她不會這樣。

但是我依然很惱怒。所以，我接下來說出的話也很難聽，「你只是辦事員，沒有權力管別人的事情。你如果覺得我們不符合結婚的規定，那請你明確講出來，如果我們合乎條件，那你辦快點。不然的話，我去找你的領導。我再無恥，也還達不到去干涉別人事情的地步。」

「拿去吧。你們馬上給我出去！我看見你們這樣的人都煩。」她將兩本結婚證扔到了她桌子對面。

我去拿起它們，翻開看了看，發現辦得倒是很規整，隨即從包裹取出一包喜糖朝她扔了過去，「請你吃糖。謝謝你的教育。」

她隨手將那包喜糖扔到她旁邊的垃圾簍裏面，嘴裏冷冷地道：「謝謝了。」

我一怔，隨即大笑，「好，你把我們的喜糖扔到了垃圾簍裏，同時也把你自己的幸福扔掉了。祝你儘快去把你自己的婚姻找回來。」

說完後，我就帶著陳圓離開了這個辦公室。

我心裏很難受，這是我第一次在一個女人面前這樣刻薄。這並非我願，可是她太過分了，過分得讓我難以忍受。

「哥……」陳圓在叫我，聲音弱弱的。

我心裏的氣憤還沒有平息，「陳圓，這樣的人不要管她。太過分了。」

「哥，今天是我們倆大喜的日子，你不應該生氣才對。」她說。

我一怔，隨即歎息，「你說得對。」

「只要我們覺得幸福就可以了，不要去管別人怎麼看我們。」她說，隨即幽幽地道：「我只是覺得自己對不起你妻子，其他的事情我都可以不管的。」

我心裏更加鬱悶，「陳圓，別說這件事情了。好嗎？」

「嗯。」她說，隨即問我道：「哥，我們現在去做什麼？」

「你不是說，想去買鋼琴嗎？我陪你去吧。」我說。

「哥，你真好。」她的身體緊緊地依偎在我身體的一側。

買回來的鋼琴擺放在了客廳的一角，我發現它與這裏的裝修風格竟是如此的協調。

剛剛擺放好鋼琴，陳圓就坐到了那裏，滿屋頓時飄散著歡快、輕柔的音符。

我站在她的身旁，發現自己的內心不再鬱鬱。她彈奏出來的音符，將我的煩悶從身體裏面拉扯了出去，並隨同那些音符飄散在了窗外。

「陳圓，你彈得真好。」我喃喃地道。

「是嗎？」她轉頭來看我，「我的手指一接觸到鋼琴，就會忘記我自己。」

我搖頭，「你是心裏純淨，所以彈奏出來的琴聲才會如此動聽。」

「哥……」她不好意思起來。

忽然聽到我手機在響，我急忙去接聽，「馮醫生，你真做得出來啊。」

電話是童瑤打來的，她的語氣怪怪的，我聽得莫名其妙，「童警官，你什麼意思？」

「你不是和你妻子離婚了嗎？你不是曾經告訴我，你絕不會和她離婚的嗎？」她問道，我感覺到電話那頭的她，一定是在冷笑。

「童警官，這是我的私事。請你不要干涉好不好？」我心裏頓時不快起來，我想不到自己竟然在一天之內碰上了兩個干涉我婚姻的女人。

「我當然不會干涉你的婚姻，而且我也沒有這個權力。不過馮笑，你知道嗎？你妻子，趙夢蕾，她最近兩天在看守所裏面情緒很反常，你知不知道？你在現在這種情況下提出與她離婚，這不是把她往絕路上面推嗎？馮笑，我想不到你竟然會做出這樣的事情來！」她在電話的那頭大聲叫道。

我大吃一驚，「童警官，你說說，她怎麼反常了啊？」

「既然你已經和她離婚，還這麼關心她幹什麼？」她冷笑。

我顧不得她的態度，急忙地問道：「童警官，請你告訴我，告訴我她怎麼反常的。好嗎？求求你。」

「我在你們醫院外邊的茶樓等你。來不來隨你的便。我最多只等你半個小時。」她說，隨即掛斷了電話。

陳圓早已經停止了彈琴，她在看著我接聽電話。

「哥，出什麼事情了？」

「陳圓，我得馬上出去一趟。對不起，今天我不能一直陪你了。」我一邊說著，一邊往外面跑去。

剛剛下樓就碰上了林易和施燕妮，「咦？你去哪裏？」林易詫異地問我道。

「我有急事。」我說，不得已停了下來。

「你們今天去辦好了結婚證沒有？」施燕妮問道。

「辦好了。」我回答，「我真的有急事。」

「什麼事情這麼著急啊？今天可是你和小楠新婚大喜的日子呢。出什麼事情了？」林易詫異地問道。

「童警官剛才給我打來了電話，她告訴我說，趙夢蕾這兩天的心情很不好。她現在我們醫院外邊的茶樓等我。」我只好說了實話。

「這些員警可真夠多事的。」施燕妮不滿地道。

「你別這樣說。」林易制止他老婆道，「那你快去吧。早點回來。今天晚上我們準備去慶祝一下你和小楠結婚的事情。我還請了些朋友。」他說完後，將我拉到了一側，低聲地對我說道：「在員警面前說話，要多個心眼，不然的話，後面很多事情會出現麻煩的。」

「我知道。不過，現在這種情況下，我哪裏還有心情去慶祝！」我頓時不滿起來，轉身準備離開。

「馮笑！」林易叫住了我，「常廳長也要來的，你一定要早點回來。」

我一怔，急忙地往外面跑去。

「別那麼著急跑啊，讓我駕駛員送你。」林易大聲在我身後叫道。

我沒有理會他，直接跑出了社區，正好碰見一輛計程車。上車後，我遞給了計程車司機兩百塊錢，「快點，無論你想什麼辦法，二十分鐘內趕到。」

「我正準備離開。還算你比較準時。你不是就住在這附近嗎？」童瑤看著我問道，面無表情。

「對不起，我，我從其他地方趕過來的。」我急忙地道，覺得口乾舌燥，轉身去吩咐服務員給我泡茶。

「馮醫生，你說得對，我本不該管你的私事。不過你妻子現在是最需要你的時候，但是我卻想不到，你竟然做出這樣的事情來。我很不解，同時也覺得你太過分了。說實話，我和你見面的次數雖然不多，但是我一直覺得你為人還不錯，心裏也就把你當成了朋友，所以，今天我是以朋友的身分來和你說這件事情的。馮笑，我希望你給我一個解釋。」她隨即說道。

「不是我提出離婚的，是她。那天晚上，她準備去自首前，就在她留給我的信上提到過這件事情，你是知道的。這次也是她自己提出來的。離婚申請也是她自己寫好，然後通過律師轉給我的。我只是簽字而已。」我說。

我的內心很慚愧，所以在回答她這個問題的時候，心裏很是惴惴不安。

「你知道嗎，律師在這時候帶出那樣的東西來是不應該的。我不知道看守所裏面是誰同意他帶出那份離婚申請的。算了，我們不說這件事情了，我們內部的事情也很複雜。不過，你想過沒有，即使是這樣，你也不應該簽字啊。你想想，現在她處於一種什麼樣的情況？這是她人生中最低落、最無助的時候吧？即使你要同意和她離婚，也應該在法院的判決下來之後啊。我真不明白你是怎麼想的。」她說，不住搖頭。

我心裏也很難受，但卻無法對她多說什麼，「童警官，謝謝你。現在我想知道的是，她，她最近兩天是如何心情不好的。你可以告訴我嗎？」

「你已經做了那樣的事情，再問這些有什麼用處呢？」她歎息。

「我很想知道她現在的情況，麻煩你告訴我好嗎？」我再次請求道，心裏難受到了極點。

「哎！我也是聽看守所的同事說的。他們告訴我說，她這兩天吃的東西很少，幾乎不說話了，晚上一直在翻身，可能是無法入睡，整個人一下就瘦了很多。」她搖頭歎息。

我心裏頓時疼痛起來，「童警官，我什麼時候可以見到她？」

「明天吧，如果你想見她的話，明天我來接你。」她說。

我的眼淚悄然掉落，「謝謝，謝謝你。」

她站了起來，輕輕拍打了幾下我的肩膀後，歎息著離開。我一直呆坐在這裏，彷彿自己已經不再屬於這個世界。

我不知道在這裏坐了多久，其實我的腦子裏完全一片空白，整個人一直處於呆滯的狀態。就這樣坐著，一直坐著。

直到我的手機發出的聲音把我震醒，「馮醫生，我是林總的駕駛員。我在茶樓下面等你。」

我看了看時間，發現已經是下午五點多。急忙站起來吩咐服務員買單。

第二章

一箭多雕

「姐，我不明白你的話。」我說。
我是真不明白林易今天是如何一箭多雕的。
她淡淡地笑道：「很明顯，他知道你和我的關係，
所以，想趁機拉攏他和我的交情。此外，他也是在提醒我，
你馮笑是他的女婿，讓我今後和你保持一定的距離。
我倒是要看看，他今後會玩出什麼花招來。」

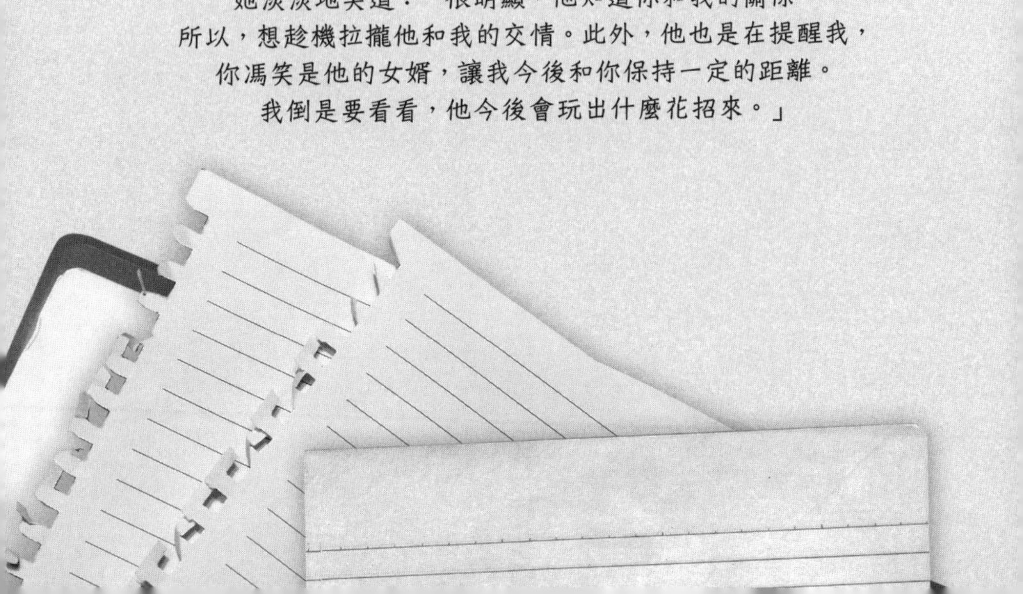

我真切地感受到了人生中的很多無奈。比如現在，我的心情極度煩悶，卻不得不強裝笑臉，參加林易夫婦為我和陳圓舉辦的新婚晚宴。

駕駛員直接把我拉回了陳圓現在所住的那個地方，我和她目前的新家。我問駕駛員為什麼不直接去酒店，他告訴我說，是林總這樣吩咐的。我頓時不語——既然他已經安排好了一切，那麼我就全部聽他的得了。

現在，我感覺自己好像成了一隻木偶，在聽林易夫妻的擺佈。

上樓後，發現林易和施燕妮都還在。而陳圓卻已經被打扮得非常漂亮了：她身上穿著白色的長裙，白皙的肌膚配上白紗裙的她，比平常更美麗。

「你冷不冷？這可是冬天。」我問她道。

「家裏和酒店都有空調。不會冷的。馮笑，你也馬上換衣服吧。我都給你定做好了，他們剛剛送來的。你不要怪我沒有和你商量，你昨天晚上夜班，今天和小楠去辦理結婚證去了，我不想打攪你們。」林易笑著對我解釋說。

「不就是吃頓飯嗎？幹嗎搞得這麼正式？就好像婚禮似的。林總，我可不想這樣。」我說。

「當然不是什麼婚禮。就是請要好的朋友們來吃頓飯。哪有晚上舉行婚禮的？我們是南方，南方都必須在中午舉行婚禮的，是吧？」他笑著說，「不過，今天畢竟是你和小楠結婚的日子，穿著總得講究一些吧。」

我看著陳圓，覺得她身上的長裙就和婚紗差不多，我心裏覺得怪怪的，「不行，陳圓不能穿這樣的衣服。她懷有身孕，感冒了的話，很可能造成孩子畸形的。就穿一般的衣服吧。」我說。

「馮笑……」施燕妮對我說道，可是她的話剛一出口，就被林易打斷了，「就聽他的吧，這天氣確實太冷了。這樣，你不是才給她買了一套衣服的嗎？」

「就隨便一些好了。陳圓穿一件喜慶點的毛衣，我就穿你們給我準備好的衣服好了。這樣你們也有面子了，反正我就像倒插門女婿似的。」我說。

林易頓時笑了起來，「馮笑，你真會開玩笑。行，就按照你說的辦。你快去換衣服吧，時候不早了。」

我隨即去到洗漱間洗了臉、刮了鬍子，然後進臥室去換了套西裝出來，出來之前特地梳了一下頭髮。

進去的時候，我看見林易給我準備好的那套衣服，竟然是一套白色的西裝。一看就是屬於那種婚禮服的樣式，而且，布料的質地也很不錯。只是，我看它很岔眼。

陳圓很快就換好了衣服。她的上身是一件紅色襯衣，外面是一件白色裘皮外套，裘皮外套樣式很時尚。她的下身是一條白色的西褲，然後是她白天穿的那雙紅色皮鞋。她看上去太美了。我不得不佩服林易和施燕妮準備的充分——看來他們考慮了好幾套方案。

我只有穿上那套白色的西服，因為我的衣服都在我和趙夢蕾的那個家裏。我覺得自己全身都很彆扭。

「年輕真好啊。」林易看著我歎息。

施燕妮也在看著我滿意地笑。

晚宴在本市一家五星級酒店舉行。我和陳圓，還有林易、施燕妮坐的是那輛加長林肯。本來我內心很忐忑的，因為我擔心林易自作主張，把場面搞得太大。幸好不是。

這是一間大大的雅間，裏面有兩張大大的桌子，不過，每一張桌子都可以坐下十多個人。

進去後，我發現裏面已經有了不少的人了，大約十來個吧，男男女女都有，大多數是中年人。我們進去後，那些人都站起來，朝林易打招呼，「林總，今天什麼喜事啊？這兩位年輕人是誰啊？」

「一會兒人到齊了，我再一起告訴你們。」林易大笑著說。施燕妮即刻去與那些中年女人們親熱地交談去了。

林易把我和陳圓帶到靠牆角的沙發處坐下，「你們休息一會兒，常廳長來了我叫你。」

我估計常育並不知道今天晚宴的主題，不然的話，她應該給我打電話的。此刻，我忽然想起了一件事情來——我與常育好像很久沒有聯繫過了。

陸陸續續有人進來。

大約六點半的時候，常育到了。

「林總，你搞什麼名堂？怎麼這麼神秘？喲！人還真不少啊。」常育一進來就這樣對林易說。

「馮笑，快來，你常姐來了。」林易轉身叫我道。

我急忙站起來朝常育走去。陳圓跟在我身旁。

「常姐。」我朝她點了點頭。

她詫異地看著我，隨後又去看了看陳圓，「馮笑，你今天怎麼打扮成這副模樣？像新郎官似的。」

「哈哈！他今天就是新郎官。今天是他和我女兒結婚的日子。對不起常廳長，我沒有提前告訴你這件事情。」林易笑道。

常育的神情更詫異了，她看了陳圓一眼，隨後笑著問林易道：「林老闆，你不要說小陳是你女兒啊。」

「常廳長，她就是我失散多年的女兒。我終於找到她了。」這時候，施燕妮走了過來，她說道，眼裏已經濕潤。

常育張大著嘴巴，「啊，這麼巧的事情啊！太好了，今天我得多敬你們兩杯酒，祝賀祝賀。」

「謝謝。」林易說道，隨即對施燕妮道；「你去幫我接待一下新來的客人。我陪常廳長說說話。」

「不用，你去忙吧。我正好想找馮醫生說點事情。」常育說，隨即對我說道：「馮笑，你出來一下，我問你點事情。」

她說完後，就轉身出了雅間。我急忙對陳圓說了句「你在這裏等我」，隨後跟著常育出去。

常育一直朝過道外邊在走，我快步跟上。她卻沒有對我說什麼，繼續往前面走，一直到進門處，然後右轉去到了外邊的露臺上面。

她站在露臺上，看著城市的遠方。

我朝她走了過去，「姐……」

「馮笑，為什麼不告訴我？」她依然沒有來看我，而是在看著這座城市璀璨的夜晚。她的聲音平淡如水，還有些涼意，如同這裏的空氣。

「姐，就是這兩天發生的事情。我根本就沒來得及告訴你。而且……」我說，內心忐忑。

「而且什麼？」她背對著我，繼續地問道。

「而且今天的這一切，都是林易安排的。我沒辦法。小陳有了孩子。」我低聲地說。

「哦？原來是這樣。這麼說，你已經和你老婆離婚了？」她問道，轉過了身來。

「是的。」我小聲地回答道，不敢去看她。曾經，我在她面前多次說過，我不會與趙夢蕾離婚，現在，她肯定會認為我很假很虛偽。

「你們男人啊……」她歎息道，一會兒過後，她問我道：「馮笑，陳圓真的是林易的女兒麼？你簡單告訴我事情的經過。」

於是我講了。

「原來是這樣。」她沉思著說，隨即對我粲然一笑，「祝賀你。這位林老闆不是一個簡單的人。他今天邀請我來，看來是一箭多雕啊。有意思。」

「姐，我不明白你的話。」我說。我是真不明白林易今天是如何一箭多雕的。

「很明顯，他知道你和我的關係，所以，想趁機拉攏他和我的交情。此外，他也是在提醒我，你馮笑是他的女婿，讓我今後和你保持一定的距離。還有，呵呵，有些事情我就不明說了。這樣也好，我倒是要看看，他今後會玩出什麼花招來。對了，我們進去吧。今天還有級別比我高的人要來啊。」她淡淡地笑道。

我很詫異，「姐，你為什麼這樣說？」

「我剛才進去的時候看了，大多是一些本省的商人，而我進去後，他並沒有宣佈晚宴馬上開始。所以，我覺得應該還有比我級別更高的人要來。」她回答說。

我不禁感慨：她也是聰明人啊。怎麼我沒有想到這一點？猛然地，我想起了一個人來，「姐，我覺得很可能是他。」

「誰？」她問我道。

「端木雄。前不久，林老闆讓我和他一起吃了頓飯。」我說。

她一怔，隨即問我道：「你幹嗎不告訴我這件事情？」

「姐，我想到他和你曾經是那種關係，所以……」我急忙回答，心裏在暗暗責怪自己的多話。

「走吧，我們進去吧。今天的事情越來越有意思了。我倒是要看看，這個林易究竟要搞出什麼名堂來。」她說著，隨即從我身邊走了過去。

我錯愕地看著她的背影，急忙跟了上去，「姐，你……」

她在我前面緩緩地走，「你很奇怪，我為什麼不馬上離開是吧？可是，我為什麼要離開呢？即使真是端木雄來了，離開的也應該是他。」

讓我沒有想到的是，就在那個雅間的門口處，竟然碰上了端木雄。他好像是剛到。他看到常育的時候也是一怔，臉上的神色即刻變得柔和了起來，「你來了？」

他問的當然是常育。

「聽說你最近四處在活動市委書記的位置。有這回事情嗎？」常育問道。

我覺得自己在這裏不大好，急忙對常育說了聲：「常姐，我先進去了。」隨即又對端木雄道：「端木專員，你好。」

「你就在這裏。」常育卻對我說道。我很是為難，於是再去看了端木雄一眼。他在朝我微笑，「沒事，我們隨便說說話。」

「我問你話呢。」常育對端木雄說。

「有這回事情，這是我的一次機會。」端木雄回答道。

「你剛剛當上了專員，怎麼可能馬上又上升。雖然地委書記是平級，但是含金量大不相同。你想過沒有，這可能嗎？」常育說道。

「有可能的。現在我已經被納入到了考察的對象裏面。就差一位說得起話的領導給省委組織部打招呼了。」端木雄說。

常育在搖頭，「端木雄，你都這把年紀了，怎麼還這麼幼稚啊？你想過沒有，地委書記的位置，是省委組織部可以決定的嗎？省委書記那裏，省委常委才有決定權。」

「比如黃省長那裏……常育，我好多次都想來找你的，但是我不敢。」他說。

我覺得自己確實不能在這裏了，於是直接進入雅間。他們這次都沒有叫住我。

「他們在外面？」林易指了指門外，低聲地問我道。

我點頭，「就在門口外邊。林總，你這是什麼意思？幹嗎要把他們兩個人同時叫來？」

「馮笑，說實話，我非常希望他們兩個人能夠合好啊。你不覺得他們都需要這樣一種機會嗎？」他卻反問我道。

「難道你不怕他們生氣？你這是自作主張，有幾個領導會不反感被你這樣安排的？」我說道。

他淡淡地笑，「我只知道一句話，『一日夫妻百日恩』，他們兩個人應該還是有些感情的。曾經他們互相傷害，其實就是因為那份感情在作怪。馮笑，你仔細想想就知道了。現在，且不說他們有沒有合好的可能，就是政治上的互相需要，也應該走在一起。即使不成夫妻，他們在政治上也是互相需要的。」

我搖頭，「你們都太複雜了，我聽了頭痛。」

「那你去陪著小楠吧，她現在和她媽媽在那裏說話呢。你剛才出去了，她一個人在那裏不知所措，幸好她現在有了媽媽。」他笑著對我說。

我隨即朝陳圓走去。我看見施燕妮正在那裏和陳圓說著什麼，陳圓在低頭聽著，還在不時地點頭。

「你們在說什麼啊？」我走了過去，故作輕鬆地問道。

「我們倆母女說說悄悄話。」施燕妮笑道，隨即來問我道：「馮笑，常廳長找你說什麼事情啊？她問你小楠的事情沒有？」

「問了。只是隨便問了問，她有些奇怪。施阿姨，我覺得你們不應該把她和端木專員一起叫來，這讓他們多尷尬啊？」我說道，試圖從她這裏知道林易更多的想法。

她卻淡淡地笑道：「這件事情是他決定的，我事前並不知道。不過，我問你，剛才你在外面應該看到了端木專員的吧?他與常廳長見面後尷尬了嗎?」

我一怔,「你怎麼知道我在外面碰上了端木專員?」

「很簡單。端木專員進來後,聽說常廳長也來了,急忙出門去了。很明顯,他是要去找常廳長的啊。你剛才是和常廳長在一塊的,你一進來,我就知道他們兩個人已經見面了。」她回答。

我不禁感歎:怎麼所有的人都這麼聰明,而只有我卻如此的笨呢?

我們正說著,忽然感到房間裏的氣氛猛然肅穆了起來,大家都忽然不說話了。

我急忙朝門口處看去,發現常育和端木雄正進來,常育在前面。

林易即刻大聲地說道,「各位領導,各位朋友,今天將各位從百忙中請來,主要是因為兩件事情。第一件事情是,我們終於找到了失散多年的女兒,她就是林楠,小楠,站起來讓叔叔阿姨們認識你一下。」

陳圓猛地一哆嗦,我急忙挽住了她的胳膊讓她站了起來。

場面開始嘈雜起來,「恭喜啊。」

「好事情,祝賀你林總。」

「林總的女兒好漂亮。」

「第二件事情。」林易加大了聲音,大家再次安靜了下來,「第二件事情就是，今天同時也是我女兒林楠與馮笑結婚的日子。大家知道，我這個人比較低調，所以今天只請了平日裏最好的朋友們來這裏，向大家宣佈這件事情。今天讓我感到特別榮幸的是，我們省民政廳的常廳長和我們地方的領導端木專員也來了，請大家歡迎。」

掌聲四起，熱烈。

林易又道：「我這人平日裏不大會講話，特別是害怕在這樣的場合裏面講話，而且今天，我又特別的激動，所以，其他的話我就不說了。現在，我想請端木專員替我講幾句。他是大領導，講話很有水準。請大家歡迎。」

端木雄即刻清了清嗓子，朝所有的人微笑。

我很奇怪，因為林易平時並不是這樣不善言辭的。而且，我感覺到，今天林易好像早就與端木雄商量好了似的，不然的話，他為什麼一點都不推辭呢？

端木雄開始講話了，他朝所有的人微笑，「大家好，我是端木雄。以前和大家一樣，也是做生意的，只不過我以前是給國家打工罷了。與你們不一樣，你們掙的錢都是自己腰包裏面的，我卻是看著賬上那麼多錢，一分都不敢用啊。」

所有的人都笑。

「今天在座的，有不少是我以前的朋友，我今天能夠看到你們，很高興。好啦，這個問題我們一會兒用林老闆的美酒慢慢談吧。」他接著說道，大家又笑。

「我今天不是來講話的，因為我知道，大家平日裏在電視上，一看到領導講話就馬上換台，所以，今天我也就不講話了，不然你們全部跑了，我可不好向林老闆交代。」所有的人又笑。

「不過，既然林老闆要我說幾句話，我也不好推辭啦。我這個人有個毛病，就是一見到喜事就興奮。今天林老闆有兩件大喜事，所以，我不興奮都不行。本來我是想先向林老闆祝賀這兩件喜事的，但是我還是覺得，這兩件喜事僅用語言去祝賀是不夠的，必須還是要用美酒祝賀才可以。所以，我覺得，還是把祝賀的事情放在一會兒喝酒的時候再說。在這個地方，我只想說一件事情，那就是向大家介紹一個人。這個人非常的優秀，每次我看到他都會羨慕他，我羨慕他不但年輕，而且還長得那麼帥氣。這個人就是我們林老闆的女婿，我們省優秀的醫生馮笑！我提議，一會兒大家都去敬他幾杯酒好不好？」

「好！」所有的人都大聲地道。

「林老闆，我的肚子可餓壞了，酒癮也發了，我想，大家可能都和我差不多。我們開始吃飯、喝酒吧。」端木雄大笑道，就此結束了他的講話。

剛才，當他忽然提到我的時候，我頓時緊張了起來，而且所有的人都朝我看，這讓我有一種被脫光了站在眾人面前的惶恐感覺。幸好他及時結束了講話，不然的話，我會更加尷尬。

不過，我覺得端木雄的講話還是很有水準的，雖然完全沒有了他專員的身分感，但是卻顯得親切、幽默，讓人頓生好感。

現在，我似乎明白林易為什麼要顯得那麼訥言的樣子了，他肯定是想要端木雄顯得更矚目。

今天的座位安排得也很有講究：林易在我們這一桌坐的主位，另外一桌的主位卻是施燕妮在座。林易的右側是端木雄，端木雄的旁邊是我。他的左側是常育，常育的旁邊是陳圓。其餘的人依次坐下。

來人大多是生意場的老闆，只有幾位是官場上的人，聽林易介紹說，好像是國土局、稅務局，還有公安系統的官員，不過級別都是很高。

我還注意到，我們這一桌的人幾乎都認識端木雄和常育。

我不知道我進來後，常育與端木雄繼續談了什麼，但是我現在發現，他們兩個人似乎並不互相敵視。我暗暗在覺得奇怪。

與平常的酒局一樣，開始的時候，大家在桌上都客客氣氣的，大家都去敬端木雄和常育的酒，端木雄都喝了，常育每次僅僅是淺淺一酌。

十來杯後，端木雄忽然大聲地道：「不對，今天不對！」

「怎麼不對了？」林易問道。

「今天不是馮醫生結婚嗎？怎麼像我在結婚的樣子了？」端木雄笑著說，同時去看了常育一眼。那一眼極其短暫，忽悠而過，不過被我看到了。

這時候，我不得不說話了，「今天是朋友聚會，順便說及我們的婚事。端木專員和常姐是領導，領導就是長輩，所以，先敬你們是對的。」

「領導就是長輩？哈哈！這個說法我還是第一次聽見。很有趣。」端木雄大笑。所有的人都大笑。

這句話我是故意這樣說的。我相信，目前除了很有限的幾個人之外，其他的人，應該並不知道我與常育實質性的關係。我也相信，端木雄不知道我和他前妻的那種關係，否則的話，他會這樣對我嗎？我懂得男人，男人總是對自己的女人有一種獨佔的心理，即使是被他拋棄的女人。

可是，他接下來問了我一句，卻差點讓我不知道怎麼回答了，「你叫常廳長常姐，這怎麼不像長輩的稱呼啊？」

我一怔，隨後笑著回答道：「俗話說長姐當母，話又說回來了，我叫您端木叔叔，你會答應嗎？呵呵！來，端木專員，我敬你一杯。」

「你叫我叔叔，卻叫常廳長姐，可能不答應的會是她呢。」端木雄說。

「都是專員了，說話怎麼這麼不注意分寸呢？」常育倒是沒有生氣，不過話語卻是冷冷的。

「今天大家高興，開開玩笑嘛。」端木笑著說，臉上閃過一絲尷尬，一瞬即逝。

「少說幾句話，別把人家的喜事沖淡了。」常育說，隨即舉杯對我和陳圓說：「馮笑，小陳，常姐敬你們一杯，祝你們白頭偕老，早生貴子。」

「謝謝。」我說，猛然地發現她的雙眼已經濕潤，急忙將自己杯中的酒喝下。我不知道她的激動是因為她自己，還是因為我。

有一杯酒是必須要去敬的。我叫上了陳圓，然後與她一起去到林易面前。我發現自己還是無法稱呼他「爸爸」的，於是我說道：「我們敬你一杯。謝謝你。」

「你們幸福，我就很高興了。」他感慨地道。

這一刻，我猛然有了一種感動，內心裏同時還有了一種愧意。急忙將酒喝下。

隨即，我帶著陳圓去敬了這一桌及另外一桌的每一個人。一圈下來後，頓時就有了醉意。而這時候，整個場面也發生了變化——熱烈。大家互相敬酒，開玩笑，滿屋喧嘩一片。

從一開始我就沒有准陳圓喝酒，但是我自己最後卻大醉。

酒局結束的時候，我感覺到有人來拉了我一下，隨即發現是常育。

「姐，什麼事情？」我看著她傻笑。

「馮笑，你發財了。」她朝我低聲地笑了一聲，然後離開了。

我總覺得自己這次與陳圓的結婚不算真正的結婚。不知道是怎麼的，反正我心裏就是這種感覺。

上車後我就人事不省了，一覺醒來，已經是第二天天亮。我還記得，自己應該去上班。

出了臥室，我頓時被嚇了一跳，因為我發現家裏忽然多了個人，一個中年婦女。

「你是誰？你怎麼進來的？」我問她道，滿懷警惕。

「我……」她惶恐地看著我。這時候陳圓從廁所出來了，「哥，她是我們家的保姆，昨天晚上就來了，當時你喝醉了。」

我頓時舒了一口氣，「哦，這樣啊。」於是問她的名字，還問她是哪裏的人。

她一一回答，隨即對我道：「姑爺，早飯做好了，你現在就吃嗎？」

我一怔，「你擺上桌吧，我馬上去洗漱。」

我的心裏溫暖了一下，因為我再次有了真正家的感覺。

早餐很豐盛，吃了幾口後，我覺得味道都還不錯。我發現家裏的這位保姆一直在忙活著。「龍阿姨，你怎麼不來吃？」

「我是下人，不能上桌的。」她回答說。

我心裏頓時驚訝：現在都什麼時代了？還什麼下人不下人的？於是，我急忙起身去到她身旁，「龍阿姨，既然你到我們家當保姆了，那我們就應該是一家人，你年齡比我們大，還應該是我們的大姐呢。來吧，我們一起吃飯，你這樣會讓我們感到彆扭和內疚的。」

「姑爺……」她很為難的樣子。

我朝她笑，「別叫我姑爺，你這種叫法讓我感覺回到了民國似的。叫我馮笑或者馮醫生吧，叫她呢，就叫名字或者陳老師就行。」

「陳老師？」她疑惑地看著我。

「哦，她以前叫陳圓，我叫習慣了。」我急忙地解釋。

保姆這才坐到了桌上來和我們一起吃飯。

第三章

貢獻與責任的必要關係

其實，我的內心也是很自卑的。
以前我和趙夢蕾結婚時，新房是她買的，我只是搬了進去。
現在，我和陳圓的住處又是林易安排的。
或許因為自己對家庭沒有貢獻，才造成了我的不負責任？
我不得不這樣想，我覺得這裏面似乎還有著某種聯繫。
是的，責任和義務本應該是聯繫在一起的，
當沒有了責任，義務也就淡漠了。

今天要給唐小牧做手術。

「感覺怎麼樣？」去到病房後我問她道。

「好多了。」她回答，隨即看了我一眼，臉上微紅，「馮醫生，你們大醫院的水準就是不一樣。」

我苦笑：私人門診也比你那男人水準高啊？

「來吧，我再給你檢查一下，看能不能做手術了。」

檢查的結果我很滿意，因為我發現她的感染基本消除了。現在，我可以清楚地看見她陰道壁上的那道傷口。不禁駭然。

很明顯，唐小牧的男人是看過醫書的，對手術的方法大體瞭解了一下，切口的位置和方法都基本上正確，唯一差的是操作技術。這個人根本就不懂縫合！我看見，唐小牧陰道裏面的那道傷口，竟然完全凸出了表面，就好像是硬生生地將兩片肌肉用家常的針線縫在一起似的，創口如同衣服縫合的另一面，粗糙不齊。

我不禁好奇，「你可以告訴我嗎？他是用什麼給你縫合的？」

我真的很好奇，因為我發現她那傷口處的線好像有被吸收的樣子，所以我很懷疑，唐小牧的男人使用的是醫用的腸線。

「我也不知道，都是他自己去外面買回來的東西。」她低聲地回答我說。

我更加好奇了，「你先生是幹什麼的？」
她卻不再回答。
我當然不好再問了，於是轉身去問正在那邊準備手術器械的護士，「好了嗎？」
「好了。」護士回答。
接下來，我開始給她做手術：外陰消毒，局部麻醉。因為她以前的手術切口基本正確，所以，我只能重新打開那個創口，然後清洗，將那些腐爛了的肌肉剔除，稍微加大切口的範圍，然後重新縫合。
很快就做完了手術。我很滿意，心裏暗暗地笑：這下好了，她的裏面更緊了，那個男人肯定會滿意的。同時還想：也許正是因為這個手術簡單，所以唐小牧的男人才有那麼大的膽子。雖然我覺得那個男人膽大包天，但是心裏不禁對他有些佩服：一個生手，竟然能夠把這手術做下來，看來這個人很有當醫生的天賦，或者他就是一個天才。
「過幾天你就可以出院了，最近幾天要預防感染。不過，必須在今後一個月內不得有房事。你必須要記住。否則的話，傷口裂開就再難以縫合了。」隨即，我吩咐她道。

「謝謝。」她低聲地說。

讓護士送她回病房，然後，我去到了丁香那裏。我管轄的病人中，現在就只有丁香的病情屬於最特殊的了。

今天我看到丁香後，頓時驚訝萬分，因為我發現，僅僅才兩天的時間，她就好像完全變了一個人似的。現在，她的臉色已經有些紅潤了，最突出的變化是，她整個人看上去有了一種別樣的風采。

現在，我有些相信古時候那些相馬的人了，因為他們可以看出一匹瘦骨嶙峋的、毫不起眼的馬是一匹千里駒。而我在兩天前就已經發現了丁香的美麗。那時候的她還是處於委靡不振、面色蠟黃的狀態啊。

她的眼神裏那一絲一晃而逝的亮色引起了我的注意。當時我以為，那是她對生命的一種渴求，但是現在我覺得，那應該是她潛意識裏面對自己美麗的自信。

我對丁香一直有些好奇，因為她的那本筆記。她是我第一次見到的詳細記錄自己病情的病人，所以我一直在想：她是什麼職業呢？怎麼會有這樣的愛好？要知道，一個人在生病的狀態下，很少會有那份精力和閒心去記錄那樣的東西。

我進去的時候，她正躺在床上做拉筋運動，見到我就即刻坐了起來，「馮醫生，你來啦？」臉上笑吟吟的，一種叫做美麗的東西，頓時向我撲面而來。

「怎麼樣？」我的心情頓時也好了起來，一種難以言表的成就感讓我感到全身通透，舒服。直到今天，我才真正地、完全地體會到，自己對醫生這個職業的熱愛和不可丟棄。我第一次感覺到，醫生這個職業真正與自己的內心緊密地結合在一起了。

「我覺得好多了。謝謝你馮醫生。」她的臉上綻放著笑容，嘴巴裂開得大大的，露出兩排整齊白皙如玉的貝齒。她臉部的下方、下巴處在微微地顫動，左右顫動，配合著她的笑。很美，很可愛。

我是婦產科醫生，即使不刻意去觀察女性，但她們的某些特徵也會慢慢浸潤到我的意識裏面去。我發現，女人，特別是漂亮的女人往往都會這樣。在她們高興的時候，在她們流露出美麗的那一瞬間，往往會出現臉部下方顫動的情況。我分析，那應該是她們兒時調皮模樣的再現。說到底，那應該是一種自信的表現。

現在，我彷彿明白了，我面前這位漂亮可愛的女人，應該有著豁達開朗的性格，只不過因為長期的病痛折磨，才變成了目前這樣的極度失望。女性都是非常在乎自己的容顏的，一旦看見自己的容顏在慢慢毀壞，內心的自信就會被摧毀。

還好，她恢復了，她找回了她自己。

當然，我不會把她的治療效果完全歸結於那個什麼拉筋療法，因為她的治療方案裏面有著秋主任的智慧。婦產科的疾病中，最難把握的是女性激素的調節，以前，我在大學學習婦產科這門課程的時候，根本就沒有搞懂女性激素的那部分內容。還好，我在研究生階段彌補了這個問題。不過，在實際應用上還是很有距離的，而秋主任的經驗和水準替丁香解決了這個問題。

所以，當她對我說「謝謝」後，我即刻地說道：「你應該謝我們的秋主任，是她親自給你制定的這個治療方案。」

她卻在搖頭，「是你提供給我的這種鍛煉方法起了作用。你開的那些藥，最多也就是起了輔助作用。」

我笑了笑，「怎麼會呢？我看你也在教病房裏其他的人，她們的效果怎麼沒有你這麼好？」

她笑道：「那是因為我運氣好。不是嗎？我住院正好碰上了你這位醫生，然後，你又給我提供了這樣的治療方法，最重要的是，這個方法恰恰就對我的效果很好。你說，這不是運氣是什麼？」

我哭笑不得，但卻也無可奈何，因為我發現自己根本就說不過她，「好吧，是你運氣好可以了吧？對了，你其他方面都正常了嗎？」

「就是白帶還有些多。」她說。

「這樣吧，我再給你檢查一下。」我說，隨即發現她變得扭捏了起來。

「怎麼啦？」我問道。

「沒什麼。」她說，臉上一片通紅。

我頓時明白了，朝她笑了笑，轉身出了病房。離開前，我對她說了句：「我在檢查室等你。」

她剛到醫院來的時候，極度失望與頹然，所以並沒有去考慮其他，但是現在，她基本上康復了，這時候才想到我是男醫生的問題。曾經看到過一幅漫畫：一個女人的前面是一隻老鼠，而她的背後卻是一頭兇猛的老虎，那個女人被那隻老鼠嚇得連連後退。

女人就是這樣，在危險面前，往往容易迷失方向。

我剛剛進去她就來了，在檢查室的門口處扭扭捏捏地站著。這時候，她的模樣彷彿比她的實際年齡小了很多，就像一個中學生的樣子。我當然知道她為什麼會這樣扭捏了，看了她一眼後，我就去洗手、戴手套，然後對她說了句：「上去吧。護士，幫她一下。」

我背對她，是為了不讓她更害羞和難堪，特意叫護士，是暗示這是在醫院，是正常檢查。

以前我給她做過檢查，當時並沒有去注意到她這個部位的具體情況，因為那時候我的第一眼就看到了她分泌出來的白帶，但是今天，我發現自己有些不太正常了，因為我第一眼注意到的，竟然是她那個部位的細節。它竟然是那麼的小巧，鮮豔，分開後裏面確實有少量的白帶，拿來窺陰器看看她的裏面，情況還不錯。

給她的白帶做了個塗片後，我對她說道：「好了。估計沒什麼大的問題。本來我覺得你可以儘快出院了，但是現在看來，還得用藥物調養一段時間。」

她從檢查床上起來，滿臉緋紅，羞澀地道：「我聽你的。」

我朝她微微一笑，「這次可要完全治好了才能出去啊。對了，你平常喜歡記錄你的生活細節嗎？我看了你的那個筆記本，覺得你很不一樣。」

她朝我笑了笑，嘴巴頓時變得大了起來，「不告訴你。」

這下反倒是我不好意思了，只好再次朝她笑了笑，然後脫下手套洗手。背後傳來了她的聲音，「馮醫生，等我好了，我要請你吃飯。」

我轉身去看她，見她在朝我笑，嘴巴大大的，但是很好看，特別是她的牙齒。

有一次，一個外科醫生和我開玩笑的時候說，馮笑，聽說女人的嘴巴大下面就小，嘴巴小下面就大，是不是這麼回事情？當時我聽了哭笑不得。我當然不會刻意去做那方面的比較，但是今天，我卻猛然想起了這件事情來，或許是因為丁香忽然顯現出來的那種美麗，也或許是她笑起來的時候，那大得有些誇張的嘴巴。

馮笑，你不能這樣，你是醫生，是婦產科醫生。我在心裏提醒我自己，但卻止不住在腦海裏面浮現出丁香的模樣來。我忽然發現，她在平常沒有笑的時候，嘴巴看上去似乎很正常，然而……我腦海裏面頓時浮現出她下面那個部位的樣子來……我心裏頓時呻吟了一下。

我突然覺得自己很難受——已經很久沒有過性生活了。

莊晴不再和我在一起，常育和洪雅也一直沒有聯繫過了，而陳圓現在又懷有身孕。平常因為要上班，要喝酒，心裏的煩躁和鬱悶很快會忘記，但是現在，它卻猛然地甦醒了。

她在朝我笑，頭微微地在朝著一側歪斜，手在背後，很可愛的樣子，她在對我說：「馮醫生，等我好了，我要請你吃飯。」

「好。我去。」我情不自禁地說道。

「真的？」她問，眼睛亮亮的。

我點頭，「真的。」

她「噗哧」一笑，「本來很想和你拉鉤的，但是我覺得那樣太那個了。說定了啊，到時候不准耍賴。」

我再次點頭，朝她微笑，「繼續去拉筋吧。我去把你的藥調整一下。」

她很高興的樣子，歡快地離開。

我朝辦公室走去，心裏的漣漪已經在升起。馮笑，你是醫生，她是病人，你不能這樣。我在心裏告訴自己說。這時候，忽然聽到我手機在響。

「哥，你快回來。」電話裏面傳來了陳圓的聲音，聽起來很激動。

「出了什麼事情？」我問道，心裏暗暗地想：又怎麼了？

「好幾個人來給我們送東西。我不要，他們非得留下。」她說，「怎麼辦啊？你回來看看。」

我忽然想起昨天晚上常育對我說的那句話來，不過，依然有些不大明白是怎麼回事。急忙看了看時間，發現還有一個多小時才下班，急忙問道：「他們留下了名字沒有？」

「我沒看，好像都是很值錢的東西。」她說。

「等我下班回來再說吧。你今天沒去上班？」我問道。

「正準備去。她打電話來說，那裏的孩子們有好幾個都感冒了。於是就叫我最近幾天不要去上班。」她回答說。

「就這樣吧。那些東西你先不要動，我回來後再說。」我想了想後說道。

陳圓說的「她」，我當然知道指的是誰。

怎麼回事？我很納悶。

腦子裏猛地一亮：難道是昨晚那些來吃飯的人送的？對，很有可能。昨天晚上林易通知那些人來吃飯，而且，他還說那些人是他最要好的朋友，但他卻在酒桌上說了兩件事情，一是陳圓與他老婆的母女關係，二是我和陳圓的婚事。

既然那些人是林易的好朋友，在吃了飯、喝了酒之後，豈有不送禮的道理？我頓時覺得林易在這件事情的安排上是動了心思的：一方面不讓昨天的排場搞得那麼大，引起我的反感，另外又讓我們的婚事得到了他周圍朋友的認可。

關鍵是我這裏，因為我剛剛和趙夢蕾離婚，所以，我並不想把自己和陳圓的婚事搞得沸沸揚揚。我覺得這並不是一件什麼光彩的事情。前幾次我對林易的反感讓他意識到了這一點。

趙夢蕾？猛然地我想起了一件事情來——昨天下午，我不是與童瑤約好了要去看她的嗎？她怎麼到現在都還沒給我打電話？

急忙撥打過去，電話通了，可是卻被她忽然給掛斷了。她在開會？我心裏想道。

一直到下班，她都沒有給我回電，我只好再次給她撥打過去。

她接聽了，「馮醫生，對不起，我現在還在開會，一會兒我給你打過來。」她的聲音很小，我明白了。隨即搭車回家。我和陳圓的那個家。雖然在我的心裏，到現在都還沒有完全把那地方當成我自己的家，但是那裏有陳圓，而且我們已經有了婚姻關係，所以，我只能把那個地方當成自己的家了。

其實，我的內心也是很自卑的。以前我和趙夢蕾結婚的時候，我們的新房是她買的，我只是搬了進去。現在，我和陳圓的住處又是林易安排的。說到底，我至今對自己的家庭沒有任何的貢獻。或許正是因為自己對家庭沒有貢獻，才造成了我的不負責任？

我不得不這樣想，而且，我覺得這裏面似乎還有著某種聯繫。是的，責任和義務本應該是聯繫在一起的，當沒有了責任，義務也就淡漠了。

回去後，我駭然地發現，家裏客廳擺滿了東西，東一堆西一堆地擺放得很分明，它們彷彿是在告訴我，每一堆都是不同的人送來的。

「你終於回來了。你看，這怎麼辦啊？」陳圓手足無措的樣子。

我去到一堆禮物處，發現都是大大小小的禮品盒。打開其中的一個盒子後，我發現是高檔的化妝品。又去打開另外的，有首飾，有高檔服裝，男女款式都有。又去看另外一堆，發現裏面幾乎都是奢侈品。

在客廳裏面的這些禮物中，唯有一個地方比較特別，因為那一堆顯得有些小。我朝那裏走去，發現是兩隻考究的紙袋子，每個紙袋裏面只有一個小小的盒子，打開其中一個後，發現是一對高檔情侶手錶；另外那個紙袋裏面也是一個小盒子，裏面裝的竟然是一張包裹有某種東西的白紙，打開後發現，白紙的裏面竟然是一張銀行卡，白紙上寫著銀行卡的名字和密碼。名字是我的，密碼很簡單。

這下我感到有些不大對勁了。

人們都有一種觀念，東西再貴重也不過就是東西而已，但銀行卡代表的可就是錢啊。我頓時不安起來，急忙給林易打電話。

「馮笑，聽說你今天還去上班了？我覺得你應該請假，畢竟是你和小楠的婚期嘛。你說是不是？」電話通後，他即刻這樣在對我說道。

「請假的事以後再說。我還沒有處理好趙夢蕾的事。」我急忙道，「今天上午很多人送東西到我們這裏來，都是很高檔的東西，此外還有銀行卡。怎麼處理？」

「什麼怎麼處理？那些都是賀禮，你照單全部收下就是。送你東西的人都是我多年的好朋友，我女兒結婚，他們本該這樣做的。所以，你一點都不要覺得有什麼不好。而且，那些人家裏有紅白喜事的時候，我不是也去給他們送過？這是人之常情，禮尚往來嘛。」他說，隨即在電話裏笑。

「可是……」我還是覺得有些不安。

「好啦。你們單位裏朋友結婚的話，你送不送禮？道理是一樣的。人家又不會找你搞腐敗，你害怕什麼？」他又說道。

「好吧。」我說，覺得他說的似乎很有道理。不過，我依然感到有些不安，還是因為昨天晚上常育的那句話。不行，我得去問問她才是。

我在打電話的時候，陳圓一直在看著我，很緊張的樣子。現在，我放下了電話，笑著對她說道：「是別人送給我們結婚的禮物。收下吧。這樣，你看看你喜歡哪些東西，常用的與不常用的分別放好。收拾好了後，我們吃飯。我去書房打個電話。」

她長長地舒了一口氣，「這樣啊。」

隨即我去到書房，然後給常育打電話，「姐，我記得昨天晚上你好像給我說了一句話，你說，我要發財了是不是？」

「呵呵！怎麼？今天就已經發財了？這麼快？」她笑著問我道。

「別人送來了很多東西，都是值錢的玩意。」我說，心裏暗自奇怪：她怎麼會知道的？

「還有銀行卡和現金是吧？」她笑著又問道。

我更驚訝了，「我沒看完，現金沒發現，不過確實有銀行卡。」

「那是當然了。」她笑道，「昨天晚上林總宣佈了你和小陳的婚事。那些來喝酒的人可都是林老闆生意場上的合作夥伴，而且都是大老闆，少數的幾個官員都得到過林老闆的好處，說到底，林老闆和那些人都是一種利益關係，你說，他們能不送你東西嗎？」

「你怎麼知道會有銀行卡什麼的？」這下我明白了，但還是有些詫異。

「你們結婚，人家還能夠送什麼？不就是化妝品、高檔服裝，還有手錶、首飾什麼的，實在不知道送什麼好的，就只好送錢了。很簡單的道理嘛。」她大笑道。

我這才恍然大悟，「姐，你覺得這些東西我該不該收呢？」

「收，幹嗎不收？你不過是一個醫生，又不是什麼官員，怕什麼？那些人反正有的是錢。沒事。」她笑道。

我心裏頓時踏實了下來，「好吧，我聽你的。」

「馮笑。」她忽然低聲地叫了我一聲，我心裏猛地一顫。我不知道自己為什麼會這樣。

「姐……」我也低聲地回應了一聲。

「馮笑，姐很高興。你能把這些事情都告訴我，姐真的很高興。這說明你終於完全相信我了。」她說，聲音很動情。

「姐，你別這樣說。我一直都很相信你。只不過以前，我有些不好意思經常來打攪你。」我急忙地道，心裏頓時感動起來。

「那還是你對我有距離感嘛。」她笑，「現在不是很好了？看來你現在才真的把我當姐了啊。」

「呵呵！」我對著電話傻笑。

「晚上我們一起吃頓飯吧，姐也祝賀你一下。」她說。

「好。」我想也沒想就答應了。

「就你一個人來，不要叫你那小媳婦。」她說，隨即歎息，「馮笑，你那小媳婦雖然漂亮，但是太單純了，像一片玻璃一樣，雖然明亮，但卻很容易破碎。馮笑啊，今後可有你累的了。」

「姐，你開玩笑呢。她怎麼會像玻璃呢？」我訕笑道，不過我在心裏暗暗覺得她說的好像還真是那麼回事。

「好了，晚上見吧。到時候我給你發簡訊。」她說。電話裏即刻傳來了忙音。

我怔了一會兒後，才走出了書房。

外面還沒有收拾好，陳圓在那裏傻乎乎地看那些東西。

我朝她走了過去，「幹嘛呢？怎麼不趕快收拾好呢？」忽然想起一件事情來，「阿姨呢？」

我這才想起，回家後就一直沒有發現保姆的影子。

「她做好飯就出去了，說是家裏這麼多貴重的東西，她不方便在家裏面。」陳圓回答說。

「你就真讓她出去了？」我問她道，心裏略略地有了一種不快。

「我……」她惶恐地來看我。

她的眼神讓我頓時心軟起來，「陳圓，你應該勸她不要出去的。她那樣做其實是一種害怕，但是你同意了她那樣，就表示我們對她並不信任啊。你說是不是？她是我們家的保姆，今後要長期住在我們家裏面，還要給我們帶孩子，我們就應該像對待自己家人一樣對待她才是啊。你說是不是？」

「哥，我不知道的，也不懂啊。」她低聲地道。

我在心裏歎息，「好了，沒事。抽時間我找她談談。不過陳圓，我希望你從今往後對她像對自己真正的家人那樣，如果你的心到了，也就知道該怎麼去對她說話了。你說是不是這樣？」

「嗯。」她低聲地道。

我覺得自己好像說得重了些，於是急忙地問她道：「你餓了沒有？要不一會兒我們一起來收。」

「我沒餓。看了這些東西就一點不覺得餓了。哥，你餓了吧？要不我們吃了飯再說。」她回答道，頓時笑了起來。

我一怔，隨即大笑，「陳圓，你怎麼變成財迷了？」

「我是女人呢，看了這些東西，怎麼會無動於衷呢？哥，我記得以前我看過一本書，好像是破案的，就是說一家珠寶店裏面的一件珍寶被盜了，偵探分析小偷還在那家珠寶店裏面，中間的過程我記不得了，然後那位偵探就把珠寶店裏面的所有人都集中了起來，拿出一顆大大的鑽石讓大家看，結果，裏面所有女人的眼睛都在發亮，那個偵探卻發現，只有一個女人無動於衷，於是他就判斷那個女人是小偷。後來經過審訊，那件珍寶還真的是那個女人偷的。」她給我講了這樣一個故事。

我很詫異，「這是為什麼？為什麼會判定那個女人是小偷？」

她大笑，「因為那個女人是一個男人裝扮的。那個偵探當時就想，沒有哪個女人會對那樣的鑽石不心動，除非她是男人。」

我恍然大悟，「原來是這樣啊。看來，我這個婦產科醫生並不合格啊。連女人這樣一種最基本的特性都不知道。好吧，我們先來慢慢看，然後再去吃飯。」

「還是先吃飯吧。你下午還要上班呢。吃完飯我慢慢收拾，你還可以休息一會兒。」她說，隨即去往廚房。

我看了看時間，心裏有些犯嘀咕：童瑤怎麼還不給我打電話來呢？可是，我現在卻不好再給她打電話了。人家都說了很忙，還說主動給我撥打回來，我怎麼可以再去打攪人家呢？

陳圓已經將飯菜擺上了桌，很豐盛，「哥，來吃飯啦。」

「怎麼都是熱的？你不是說，阿姨早就做好了嗎？」我詫異地問道。

「她在鍋裏放了水，開著微火，然後把這些菜放在裏面。所以一直都是熱的。」陳圓說。

我不禁感歎，「陳圓，你看人家龍阿姨，想得真周到啊。人家對我們這麼好，我們就更應該對她好了。對了，她一個月的工資是多少？談了嗎？」

她張大著嘴巴看著我，「我，我不知道……」

我不禁苦笑，「好吧，還是我去和她談。對了，有空你去給她買個手機，你看現在，她去哪裏吃飯啊？如果她身上有電話的話，我們現在也好找她了。這樣，你去拿個大碗來，我們給她留點飯菜。」

「哥，我是不是很沒用？」她問我道，神情黯然。

「你別多想。你從小在孤兒院長大，不熟悉這個社會是必然的。對了，你大學時候是怎麼過來的？難道不和你們同學接觸？」我問道。

「是啊，那時候我幾乎不與同學接觸的。我害怕。」她說。

「你害怕還敢獨自一人跑到我們這裏來？」我驚訝地問她道。

她低聲地道：「我想找到我的爸爸媽媽，所以就什麼也不怕了。」

我很是後悔剛才自己提出了那個問題，趕忙柔聲地對她說道：「陳圓，現在不是很好了嗎？」

「哥，可是我覺得，找到她反而更恨她了。我總是要去想，她當年為什麼要扔下我，所以，我覺得始終無法原諒她。」她說，眼眶裏的淚花往外湧出。

「她不是說了嗎？她當年也沒有辦法的啊。既然現在你們已經見面了，這也是上天對你們的眷顧啊。你應該好好珍惜才是。你說是嗎？」我柔聲地對她說，伸出手去替她揩拭眼淚。

「嗯。」她笑道，眼淚卻依然在滴落。

終於把東西收拾好了，裏面大多是高檔物品，還有五張銀行卡，現金有六十萬。我想不到這錢來得竟然是如此的容易，心裏的那種不安，頓時又開始出現了。

看了看時間，「陳圓，你也累了，下午好好睡一覺吧。我上班去了。」

「那些錢……」她問我道。

「就放在那裏吧，我抽時間存到銀行裏面去。」我說。

「嗯。」她說，隨即伸了個懶腰，「我還真的累了，腰好酸。」

我看著她笑，「要不我抱你去床上？」

她的臉頓時紅成一片，聲音在顫抖，「哥……」

我內心的柔情頓起，猛地將她橫抱，「走吧，我抱你去睡覺。」

第四章

寧拆十座橋，不壞一樁婚

我頓時轉念，寧拆十座橋，不壞一樁婚，說道：
「姐，我覺得關鍵不在這個地方。」
她問道：「那你認為在什麼地方？」
我說道：「關鍵是，你還愛不愛他。
男人嘛，總是會經常犯錯誤的。」

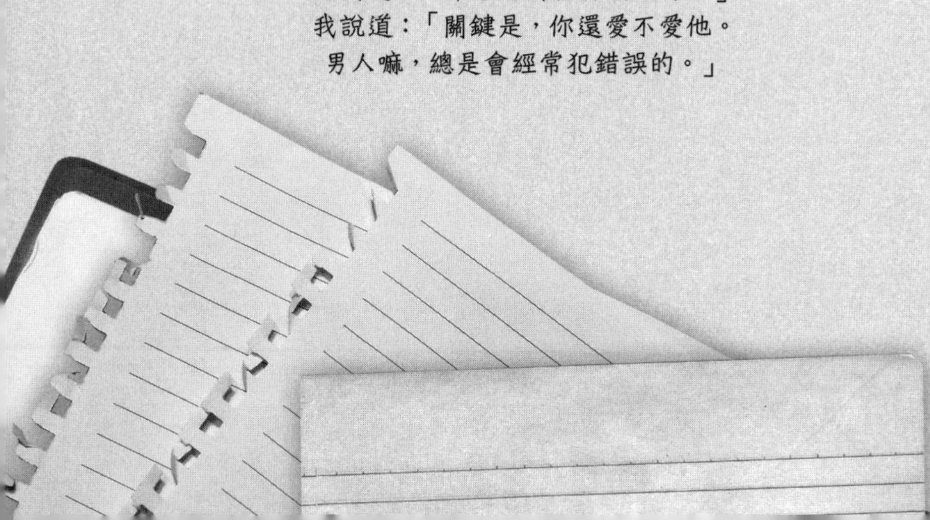

一直到下班都沒接到童瑤的電話。我心裏暗暗著急，實在忍不住，就給她發了則簡訊：今天你忙，明天你可以帶我去看她嗎？

剛剛發完，常育的簡訊就進來了，是告訴我晚上吃飯的地點。我不禁歎息。

童瑤依然沒有回簡訊。我只好鬱悶地下班。

在計程車上，我再也忍不住地給童瑤打了個電話。

她連聲道歉，「對不起，今天發生了個大案。我實在沒空。這樣吧，明天中午好不好？」

這下我反倒不好意思起來，「好吧，謝謝你。不好意思啊，打攪了。」

「沒事，看來你對她還是有感情的嘛。」她在電話裏面笑，「好啦，我馬上去吃飯，晚上還要接著研究案情。」

心裏沒有了擔憂，我於是變得愉快了起來，感覺很快就到了吃飯的地方。

這是一家不錯的酒樓。

我進到雅間後，才發現洪雅也在裏面。她正在看著我笑，笑得怪怪的。

「怎麼啦？」我被她的眼神搞得莫名其妙。

「聽說你又結婚了？」她笑著問我道。

常育即刻瞪了她一眼，「洪雅，幹嘛呢？你以為他願意那樣啊？」

「對不起，我只是隨便問問。沒有別的意思啊，真的沒有。」洪雅急忙地說。

「沒什麼。」我只好朝她淡淡地笑了笑。我不可能和她生這種氣的。

「馮笑，其實你很累的。我看啊，你最好趁現在抽時間出去走走。你不是剛結婚嗎，帶著你現在的老婆出去走走吧，這樣可能會好些。」洪雅隨即對我說道，很認真的語氣。

我搖頭，「趙夢蕾的事情沒有解決好之前，我不會出去的。出去了我也玩不高興。」

「你呀，你這性格真沒辦法。」洪雅歎息。

「別說這個了。來，我們喝點酒，然後一邊吃東西，一邊說說專案的事情。」常育說道。

「姐，專案現在怎麼樣了？我很久沒有和你們聯繫了，我什麼都不知道呢。」我急忙問道，也是想趁機轉移話題。

「雖然你沒問，但你在中間起的作用很大啊。」洪雅笑著說，隨即去對常育道：「常姐，我們倆一起敬馮笑一杯吧，如果沒有他的話，這個專案可能還會很麻煩。」

「好，我同意。」常育笑道。

我莫名其妙，「我起了什麼作用？」

「如果不是你的話，林老闆會全額投資這個專案，然後把那個休閒中心送給我們嗎？」洪雅笑著問我道。

「哦，這樣啊。我倒是沒聽說過這件事情。」我說，隨即去問常育，「姐，這樣的話，對你有沒有什麼影響？」

「我的股份分配在你和洪雅身上，難道我還不放心你們兩個人？」常育笑道。

「這樣最好。」我說，覺得她確實考慮得很周到。

「人無遠慮，必有近憂。我不得不提前考慮這些事情。其實我這人並不貪錢，但是想到今後官場上的風險，我又不得不這樣做。我無兒無女，今後老了怎麼辦啊？」常育歎息著說。

「可以收養一個的。」我說。

她頓時笑了起來，「那還不如讓你今後的孩子認我當乾媽。」

「好啊。」我也高興了起來。

正說著，我的手機忽然響了起來，「馮笑，我不想幹了！」

電話裏傳來的是莊晴氣急敗壞的聲音。

我頓時呆住了。

我搞不清楚莊晴的狀況，急忙對常育和洪雅說了聲：「我出去接下電話。」

常育朝我笑了笑，「去吧。」

我快速地跑出了雅間，「莊晴，慢慢說，究竟出了什麼事情？」

「你現在在哪裏？」她問道。

「和朋友在一起吃飯。」我回答。

「我可以來嗎？」她問。

「這……不大方便。這樣吧，我吃完飯就和你聯繫。」我猶豫了一瞬後，說道。

「馮笑，哎，好吧。一會兒你得陪我喝酒。」她說。

「行。」我說，「但是，你先告訴我，究竟出了什麼事情。」

「見面再說吧，煩死了。對了，聽說你和陳圓結婚了？」她問道。

我心裏頓時有些不安起來，「一會兒見面的時候一起說吧。」

「本來我不該來打攪你們的。但是……」她的聲音低了下去。

「莊晴，我們還是朋友不是？你心情不好，當然應該給我打電話。好啦，我這邊儘快結束，然後馬上給你打電話。」我柔聲地說道。

「嗯。」她隨即掛斷了電話。

我回到飯桌上，心裏依然在暗暗地奇怪：莊晴她究竟遇到什麼事情了？怎麼讓她如此不高興？

「沒事吧你？」常育看我心事重重的樣子，問我道。

我搖頭，「沒事。不過我得早點離開這裏，我還有事情。」

「好吧。那你也少喝點酒。」常育柔聲地對我說。

「嗯。」我點頭，發現她最近好像變得與她以前不大一樣了。

「幹嗎這樣看著我？」她也發現了我異樣的眼神。

我頓時笑了起來，「姐，我怎麼覺得你忽然變得溫柔起來了？」

洪雅頓時大笑起來。

常育氣急敗壞的樣子，「喂！你們兩個！合起來欺負我是不是？」

「哪裏敢呢？」洪雅道，卻忍不住在那裏繼續大笑。

「你還笑？」常育生氣地道，卻即刻忍不住地自己也笑了起來，「馮笑，你的意思是說，我以前像母老虎是不是？」

我急忙搖頭，「有你這麼漂亮的母老虎嗎？」

「你！」常育氣急，隨即俯身到了桌上大笑起來，手在上面晃動，「你們兩個，氣死我了，哈哈！我不和你們說了。哈哈！」

洪雅頓時止住了笑，她詫異地來看我。

我搖頭，表示我也不知道她為什麼會這樣。

常育終於抬起了頭來，我發現她的臉上一片暈紅，心裏頓時一動，急忙問她道：「姐，你是不是談戀愛了？」

「沒有！」她回答得斬釘截鐵。

我大笑，「肯定是談戀愛了。你如果回答得不是這麼快的話，我還不相信。」

問完後，我心想：難道是那個傳說中的黃省長，她曾經的那位老師？不會吧？

洪雅狐疑地在看著我，「馮笑，為什麼這樣說？常姐，你真的談戀愛了？」

「沒……有。」常育回答道，隨即又笑，「這下回答慢了吧？」

我大笑，「姐，這次是你故意的。剛才我問你的時候你回答得那麼快，那才是你的第一反應呢。一個人心裏想要掩飾某樣東西的時候，才會像你這樣。」

可是，讓我想不到的是，常育這時候卻表情黯然了起來，「沒有，真的沒有。」

她心裏有事。我頓時明白了。

因為常育忽然有了心事，我想問她卻又覺得不大好，於是氣氛就冷淡了下來。很快地我們就吃完了飯，酒也沒喝多少。

洪雅要去結賬，常育卻止住了她，「今天讓馮笑結賬吧，我們倆也沾沾他的喜氣。」

我大喜，「謝謝姐給我這個機會。」

我當然高興，男人都不喜歡被女人當成附庸的。

「你去付賬吧，我和洪雅還在這裏坐一會兒。」常育對我說。我知道她這是在趕我離開了，也許是想到我有事情，也可能是她們還有事情要談。

我急忙離開。

「馮笑……」常育忽然叫住了我。我急忙轉身，「姐……」

「沒事，以後再說吧。」她卻朝我揮手道。

這下我更感覺到她有心事了，「姐，你有什麼話就對我講吧。」

「常姐，我出去一下。」洪雅說。她也看出來常育有話要對我私下講了。

常育點頭，「洪雅，你先出去一會兒。幾分鐘就可以了。」

洪雅出去了。

我即刻坐回到剛才的那個位子上，「姐，什麼事情？」

「馮笑，你是通過林老闆認識端木雄的吧？」她看著我，緩緩地問道。

我一怔，隨即點頭道：「是的。」

「你和他接觸已經不止一次了是吧？」她又問。

「嗯。姐，你想問我什麼就直接問吧。我一定照實回答。」我心裏有些詫異。

「好。」她點頭，「那麼我問你，你覺得端木雄這個人怎麼樣？」

我彷彿明白了，「姐，他想和你重婚。是嗎？」

她點頭，隨即歎息，「馮笑，你覺得他適合我嗎？我們都已經離婚了，而且他曾經還那樣對我。」

我忽然想起那天晚上端木雄的表現，還有後來沈丹梅和孫露露和他一起離開的事情。

「姐……」我頓時轉念，寧拆十座橋，不壞一樁婚，「姐，我覺得關鍵不在這個地方。」

「那你認為在什麼地方？」她問道。

「關鍵是，你還愛不愛他。男人嘛，總是會經常犯錯誤的。不過，只要他知道改就行。我認識端木專員的時間雖然不長，但是我倒是覺得他這個人很不錯的。為人豪爽不說，還很平易近人。」我說道。

我覺得自己沒有亂說，豪爽就不說了，平易近人也是真的，不是嗎？那天晚上他可是和那些小姐打成了一片呢。不過，他反正是與常育離婚了的男人，那樣做也無可厚非。其實說起來，常育不也一樣嗎？

大哥別說二哥，臉上的麻子一樣多。他們兩個人在這方面抵平了，所以，我不說出端木雄的事情來也是應該的。我這樣替自己辯解道。

「他是有目的的啊。你知道的，他想當那個地區的地委書記。」她幽幽地道。

「這個世界上，因為目的而結成的婚姻還少了？其實，我與陳圓的婚姻多多少少也是有目的的。姐，我還是那句話，這些都不重要，最重要的是，你還愛不愛他。我覺得這件事情還是得由你自己把握。」我真誠地對她說。

「他那麼風流，今後我能夠管得住他嗎？」她歎息道。

「姐，我認為利用其實是相互的，你不也是通過他，才認識和瞭解了林易的嗎？還有，即使你今後管不住他，組織上管得住他的啊。他已經因為婚姻的問題走過一次麥城了，我想他今後一定會注意的。你說是嗎？」我說。

她靜靜地坐著，一會兒後，猛然抬起頭來看著我，「馮笑，端木雄給了你什麼好處？你竟然如此替他說話？」

我大吃一驚，「姐，今天可是你在問我的啊。我可沒有主動對你說起這件事情來。而且，我根本就不知道他想和你重婚的事情。真的。」

「呵呵！我開玩笑的。沒事了，你去忙吧，我再想想這件事情。對了，你千萬不要對任何人講這件事情啊。你是我弟，所以我才對你講的。」她朝我哂然一笑。

「嗯。你放心好了。那……姐，我走啦？」我問她道。

「好，你出去的時候叫洪雅進來吧。」她說，依然在朝我笑。

出去後，我即刻給洪雅打電話，「我走啦，姐讓你回去。」

「好，馬上啊。馮笑，你最近怎麼把我給忘了啊？」她笑著問我道。

「我最近心裏很煩。哎！」我說。其實，我心裏已經不想和她繼續那樣了，但卻一時間硬不起心腸來告訴她。

「那好，今後我給你打電話。」她說，隨即掛斷了電話。

我在心裏歎息：馮笑，你這樣下去怎麼得了啊？

莊晴說她想去吃兔子，「馮笑，我還沒吃飯呢。你很久前說帶我去吃那什麼泡椒兔，可是到現在都還沒有實現你的承諾。不行，今天我必須去。」

「好吧。不過，希望越大失望就越大哦。也許那裏的味道，你並不一定喜歡。」我笑著說。

「不管，反正我早就被你那句話給勾出饞蟲了。」她說。

「好吧。不過，你說要喝酒就不要開車了啊？寶馬呢，撞壞了怪可惜的。」我笑著說。

「車沒了。」她隨即對我說道。

我很吃驚，「怎麼啦？車哪去了？」

「宋梅家裏的人來找到我了，說那筆錢他們從銀行查到了在我手上，是我和宋梅離婚後的財產。我啥都沒說，就把那車扔給他們了。馮笑，我很英明是吧？總算嘗過開寶馬的滋味了啊。要是把那筆錢放在銀行裏的話，現在啥都沒有了。」她在電話裏大笑。

我覺得這事情有些不可思議，「莊晴，你可以要求留下一部分錢的啊。畢竟你和宋梅曾經是夫妻關係。」

她歎息道：「算了。宋梅生前欠下一屁股債，他父母也很不容易的，年紀大了，兒子也沒了，他們比我更需要錢。」

我不禁黯然。

半小時後，我和她在那家專門賣兔子肉的小酒樓坐下。

「馮笑，你好像瘦了。」她看著我說。

「是嗎？我怎麼沒覺得？」我摸了摸自己的臉說。

「哎！其實你的心裏也很苦。我知道的。」她歎息。

「你也變了，變得喜歡歎息了。」我笑著說，隨即問她道：「想吃什麼？」

她卻看著我笑，「馮笑，你身上帶了多少錢？」

我取出錢包看了看，「剛才我請客花了一千多，還有兩千塊左右吧。沒事，我身上有銀行卡。你要吃什麼？說就是了。」

「夠了，兩千就夠了。」她笑著說，隨即大聲地對服務員道，「你，過來！」服務員過來了，莊晴笑著去問她：「你們這裏有什麼好吃的？」

「我們這裏有一兔三吃。還有炒兔肚，泡椒兔腰花。」服務員回答道。

「怎麼個一兔三吃法？」莊晴問道。

「就是把一隻兔子做出三種不同味道的菜來。有泡椒兔，辣子兔，還有水煮兔。」服務員說。

「好，那就一兔三吃。還有那什麼炒兔肚、腰花什麼的，都上來。我可餓壞了。」莊晴說道，隨即又去問那服務員：「你們這裏有什麼便宜點的好酒？」

服務員為難地道：「這……」

我大笑，「你這不是讓人家給你拿假酒來嗎？服務員，來一瓶五糧液。」服務員離開了。

我這才去問她：「莊晴，今天出什麼事情了？你為什麼說你不想幹了？」

「你先說說你和陳圓的事情。」她反而來問我。

我忽然想起那天在別墅那裏的事情來，「莊晴，那天的事情對不起啊。」

她抬頭去看樓頂上面，「那天什麼事情？我怎麼記不得了？」

我苦笑，不過心裏頓時好受多了。其實她今天主動給我打電話，就說明她心裏一直是把我當成朋友的，不過，能夠當面看見她這樣，我就更高興和放心了。

「我和陳圓結婚了。你是知道的啊？」於是我說道。

她點頭，「我知道，不過我還是覺得有些不大敢相信。哎！陳圓太幸福了，能夠遇上你。不過你今後可就麻煩了。陳圓的內心晶瑩剔透，脆弱得像一只很容易被摔碎的花瓶，今後你可得時時呵護她才行。馮笑，從今往後有你累的了。」

我頓時一怔，因為她的說法竟然與常育差不多，不禁歎息，「我會的。」

「馮笑，我想去北京，去當北漂一族。」她忽然對我說道，「北京是我們國家的文化中心，我覺得那裏發展的機會多一些。」

我大吃一驚，「你怎麼忽然想起這件事情來？」

「今天他們讓我試鏡……」她說，「他奶奶的！竟然想吃老娘的豆腐！」

她的聲音是忽然加大的，而我們坐的是大廳，周圍還有不少人在吃飯，所有人頓時朝我們這裏看了過來，眼神都怪怪的，有幾個男人還在朝我瞪眼。

我大駭，「姑奶奶，別這樣一驚一乍的好不好？你看，馬上就有人準備來英雄救美了。」

她隨即去朝那些人笑，同時做了個鬼臉，也不知道她是在對我說，還是在對那些人講，「對不起啊。」

我哭笑不得，「究竟怎麼啦？誰讓你生這麼大的氣？」

「還不是個攝影師。他非得要我上身只穿內衣，下身不穿內褲。」她說，聲音猛然地又大了起來，我急忙伸出手去將她的嘴巴捂住，「姑奶奶，小聲點！」

她掙脫了我的手，輕輕地笑，「看把你嚇的！馮笑，那攝影師就他媽的是一個流氓！我不幹了！我決定了，既然已經跨出了這一步，就再也沒有回頭的餘地了。我真的想去北京闖蕩一下。以前我太順了，去闖闖試試。」她說。

我看著她，頓時感覺到了她的鬱鬱。

「莊晴，林老闆答應了要捧你的。」我急忙地道。

她搖頭，「不，我想自己去試試。那個林老闆，我看他也不像什麼好人。」

我詫異地看著她，「為什麼這樣說？」

「反正我覺得有錢的男人，都不是什麼好東西。」她癟嘴道。

我哭笑不得，「幸好我沒錢。」

她笑，「所以你是好東西。」

我這才明白她這是故意引我入套，「莊晴，你太壞了。」隨即擔憂地看著她，「莊晴，你需要錢嗎？」

她看著我，像看一個怪物似的，「馮笑，你很有錢嗎？」

我搖頭，「我的錢不多，但是你需要的話，我可以給你一部分。」

「一部分是多少？」她問道。

「你需要多少？」我微微地笑，心裏想的是家裏的那六十萬。

「十萬，你有嗎？」她給我倒酒，同時問道。

我差點大笑起來，「我給你二十萬。行吧？」

她張大著嘴巴看著我，「馮笑，看不出來啊，你竟然也是有錢人。」

我依然搖頭，「我不是有錢人，但我還不至於一無所有。何況是你需要。」

她的眼簾頓時垂了下去，低聲地道：「馮笑，你真好……」隨即抬起頭來看著我，「不過，我現在不想要你的錢。但是，那二十萬已經算是我的了，現在暫時存在你那裏。今後如果我實在混不下去了，我就來找你要。你說好不好？」

「莊晴，你一個人去北京，今後的困難是很難預料到的。我覺得你還是多帶點錢在身上的好。」我勸她道。

她搖頭，「馮笑，你以為我身上沒錢啊？我有錢的。其實，我很想去體驗一下沒有錢、完全靠自己的能力去賺錢的那種生活。哈哈！看你那樣子，又不是讓你去受苦。馮笑，別擔心，現在網路這麼發達了，如果我真的沒錢了，馬上給你打一個電話，幾分鐘你就可以從銀行把錢匯到我的卡上來了。你說是不是？」

我一聽，頓時覺得她說得很有道理，「好吧。但是你一定要記住，我馮笑是你的朋友。」

「我一定會記住的。你不僅是我的朋友，還是我的男人呢。」她低聲地道，隨即輕笑。我心裏不禁一蕩。

「馮笑，陳圓懷孩子了，你最近肯定很饑渴吧？我準備最近就去北京，不，明天就去。今天晚上，我好好滿足你一次怎麼樣？」她低聲地問我道，隨即又笑道：「別那個樣子嘛，也算是滿足一下我自己行不行？我馬上去北京了，不知道那地方有沒有我喜歡的男人呢。如果沒有的話，我今後豈不是要守活寡？」

我看著她可愛的樣子，頓時笑了起來。我覺得這才是真正的她。

「來，你不是餓了嗎？你不是想喝酒嗎？我陪你。」我朝她舉杯。

「你真的瘦了，你也多吃點。」喝下酒後，她給我夾菜。

我也去給她夾菜，「你多吃點，味道不錯吧？」

她頓時笑了起來，雙肩不住地聳動，「馮笑，算了，我們還是自己吃自己夾菜吧。這樣相敬如賓的樣子，我實在受不了。」

「好。」我說，忽然看見她竟然在流淚。

我頓時黯然，她哪裏是覺得好笑啊？明明是心裏在傷感啊。

我們很快就喝完了那瓶五糧液，「莊晴，我們再要一瓶好不好？」我問她道，也許是因為激動的緣故，我感覺到有些頭暈。

她卻在搖頭，「不喝了，喝多了晚上你就會沒力氣了，你今天晚上想偷懶可不行。現在這樣最好，你肯定會持久耐力的。我要好好享受一次，說不一定真的要幾年後才會有男人光顧我呢。」

「莊晴，你喝醉了。走吧，我送你回去。」我發現她說話越來越浪蕩了。

「誰說我馬上要回去了？」她說，雙眼在瞪著我，「馮笑，我想去唱歌。記得我以前好像對你說過，我唱歌唱得很好聽的。怎麼樣？想不想欣賞一下我的歌喉？」

在今天這樣的情況下，我當然不會拒絕她，「好吧，我陪你去。」這時候我忽然想到了一個地方。林易的那家夜總會，因為我只熟悉那裏。當然，今天我和莊晴在一起，不可能再去玩那樣的遊戲。

「哎！」她卻忽然歎息了起來。

「幹嗎又歎息啊？」我問道。

「要是把陳圓一起叫去唱歌就好了。我們以前三個人在一起多好啊。現在她懷孕了，那樣的地方不適合她了。馮笑，我到北京的事情你回去告訴她吧。讓她今後有空的時候，經常給我打電話，我還真的擔心自己今後會寂寞。」她歎息著說。

我心裏同時也有些傷感，「好的，我一定跟她說。」

第五章

自我的存在

一個人在心情不好的時候，
要麼沉睡，或採用各種方式刺激或者折磨自己的肉體，
因為我們害怕自己被埋藏在了那種鬱鬱之中。
當我脫光衣服後，房間裏面的霧氣已經完全地瀰漫了，
我籠罩在了這片溫暖的白霧之中。
身體神經和細胞開始興奮，真切感覺到生命的存在，
因為在這一刻，我找到了自我。

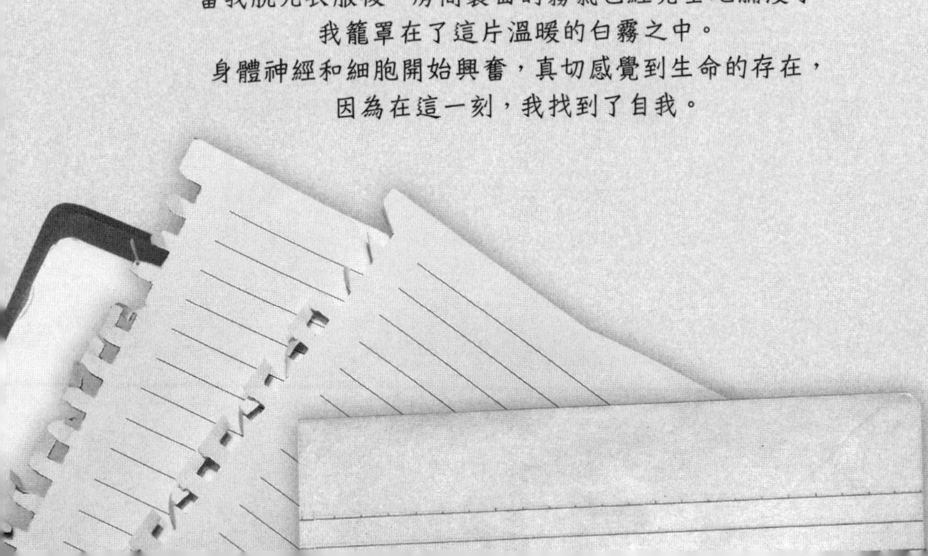

不多久我和莊晴就到了皇朝夜總會。

莊晴站在夜總會的門前不住打量上面那些讓人眼花繚亂的霓虹燈，「馮笑，你以前是不是經常和林老闆到這地方來？今天你帶我來這裏，難道不怕林老闆知道？」她問我道。

我當然想過這個問題，「看到了又怎麼樣？」我說，「莊晴，主要是我很少到這樣的地方來，我擔心其他地方會不安全。」

「好，這個理由不錯！」她說，身體在搖晃。

我急忙過去將她扶住。看來她今天和我一樣的心裏傷感，所以她也有了酒意。

我和她一起進去，發現慕容雪在大堂裏面，她還是那樣的打扮。

我笑著對她說：「慕容，幫我們倆安排一個房間。謝謝你。」

「劉……哦，馮醫生。你來了？行，你跟我來吧。」她朝我微笑著說。

「謝謝。」我再次向她道謝。

「就你們兩個人嗎？」她指引著我們朝前面走去，同時問道。

「是的，要一個小點的房間吧。」我說。

「你跟我來吧。」她說，隨即笑道：「反正林老闆交代過，你到這裏來不准收你的錢的。就要個大房間吧。」

「對，大房間。」莊晴說。

「就我們兩個人，要那麼大的房間幹嗎？冷冷清清的多不好？」我說。

「我要和你跳舞。」莊晴的嘴唇來到我的耳邊輕聲地說道。

可能是慕容雪沒有聽見莊晴對我說的話，她笑著問我道：「馮醫生，今天需要幾個小姐來做遊戲嗎？」

我被她的話嚇了一跳，「不要！」

「什麼遊戲？」莊晴卻在問。

慕容雪頓時一笑，隨即來看我。

「說啊！」莊晴頓時好奇起來。

「就是玩骰子什麼的，輸了喝酒。」我急忙地道。

莊晴看著我，「你騙人！」她一個字一個字地對我說道，隨即又道：「我不理你了，我悄悄去問這位漂亮妹妹。」

說完後，她真的攀住了慕容雪的胳膊。我瞠目結舌地看著她們兩個，想去阻止慕容雪，卻發現已經晚了。

這樣的事情只需要一句話就可以說清楚了的。果然，當慕容雪將一個包房的門打開的時候，莊晴就來到了我的身旁，「馮笑，這麼好玩的事情，以前你為什麼不叫我？」

我哭笑不得，「你是女孩子，能夠和我們男人一起玩這樣的遊戲嗎？」

「怎麼不可以？我是護士呢，說不一定比你還厲害。」她說。

我頓時一怔：難道慕容雪把什麼都告訴她了？卻見慕容雪在笑著朝我搖頭。

「我去叫人了，你們喝什麼酒水？」慕容雪問道。

「這裏不收他的錢是不是？」莊晴問道。

「是的。」慕容雪笑著回答。

「那就來最好的酒吧。嗯，剛才我們喝的白酒，那就來紅酒。」莊晴說。

「XO吧，可以嗎？」慕容雪問道。

「好。」莊晴說，「對了，你叫什麼名字？」

「我叫娜娜。」慕容雪回答說。

「娜娜小姐，麻煩你了。」莊晴竟然蠻有禮貌的。

「不用客氣。」慕容雪掩嘴而笑，「我去給你們叫酒和小姐了。」

「娜娜小姐，麻煩你讓人把音樂放起來吧。」莊晴又叫住了她。「好的。我馬上去叫音響師。」慕容雪依然在微笑。

不多久，音響師就來打開了音樂，這裏的音響效果不錯，房間裏頓時瀰漫起了優美柔和的旋律。

「馮笑，我給你唱首歌吧。」莊晴看著我說。

「好。」我點頭道，「我正想欣賞你的歌喉呢。」

音樂隨即變換，一樣的優美，但是卻多了些感傷的元素。

莊晴拿起話筒，「馮笑，我明天就要去北京了，我一直想送你一首歌，希望你永遠記住今天晚上，還有我。」

她的話讓我心裏頓時難受起來，一種離別的惆悵，這才完全湧上了心頭。

當音樂到達一個節點的時候，她開始唱了。我發現她的歌聲真的很不錯，她在深情地唱，我微笑地看著她，漸漸地，我開始淚水滂沱。

想為你做件事，讓你更快樂的事，好在你的心中，埋下我的名字。

求時間趁著你不注意的時候，悄悄地把這種子，釀成果實。

我想她的確是，更適合你的女子，我太不夠溫柔優雅成熟懂事。

如果我退回到好朋友的位置，你也就不再需要為難成這樣子。

很愛很愛你，所以願意，捨得讓你往更多幸福的地方飛去。

很愛很愛你，只有讓你擁有愛情，我才安心……

我不知道她唱的是一首叫什麼名字的歌曲，但卻真切地感覺到她的歌聲是在訴說著我和她的故事。不，是她在訴說著她的內心。

她的歌聲純淨異常，如泣如訴。

我淚如雨下，竟然不知道她的歌聲是在什麼時候結束的。

直到她也抱著我大聲痛哭的時候，我才清醒了過來。

「莊晴，別這樣。別這樣，莊晴，好嗎？」我輕聲地對她說。

「馮笑，我今天好高興，我終於把這首歌唱給你聽了。」她說。

「我要謝謝你。莊晴，我心裏現在好難受。」我哽咽著說。

她放開了我，臉上一片梨花帶雨，隨即朝我哂然地笑，「馮笑，我不想喝酒了，也不想玩遊戲了，我們回去吧。」

我點頭，輕擁著她，「好。我們回去。」

出了皇朝夜總會後，莊晴卻站在了那裏。

我問她，柔聲地，「怎麼啦？」

她笑道：「我有些後悔了，我現在還真的想去玩那個遊戲。」

我說：「那我們回去就是。」

讓我想不到的是，她竟然忽然拿起我的左手，然後狠狠地在我的手腕處咬了下去。我猛然將自己的手往回縮，一陣鑽心的疼痛直達心底，「你幹嗎？」我有些憤怒了。

我太痛了。

「馮笑，我恨你。你為什麼要那麼聽我的話？讓我竟然幾次想忘記你都做不到。」她仰頭對我說，臉上卻是笑容。

我哭笑不得，「聽你的話還不好啊？」手上依然傳來鑽心的疼痛，急忙去看，發現自己的手腕處已是鮮血淋漓，「你真是的，瘋了？怎麼咬人呢？」

她再次將我的手腕拿到了她的唇邊，我嚇了一跳，急忙把手縮了回來，「莊晴，你怎麼了？」

「把你的手給我，我給你包紮一下。」她說。

「不，你又要咬我。」我說，心有餘悸。

「我剛才是想吻你那裏的。」她幽幽地道，「馮笑，這下你不會忘記我了吧？你看，我在你手腕上蓋上了我的印章了。有人說，每一個人的牙齒都不一樣的，就如同人的指紋一樣。所以，我給你蓋上的這個章，是獨一無二的了。你說是不是？」

我的心裏頓時被她感動了，「莊晴……」

「把你的手給我吧，我給你包紮一下。」她再次柔聲地對我說道。

「你真的不再咬我了？你身上哪裏有什麼包紮的東西？」我心裏還是害怕，同時又有些懷疑。

她對著我笑道：「既然我今天晚上準備給你蓋上我的印章，當然事先就準備好了包紮的材料了。你看，還有酒精。」她說著，我就看見她從她的衣服口袋裏面摸出了一個小瓶，然後是棉簽和紗布。

我再一次地哭笑不得，同時也感動萬分。

她輕柔地給我消毒、包紮，雖然手腕處的傷口在酒精的作用下很疼痛，但是我的心裏卻更加感動了。我和她都沒有說話，但是，我卻看見她的眼淚在滴落，一滴滴地往我手腕處的紗布上滴落。我也是一樣，我的眼淚止不住地往下流淌。

她終於給我包紮完了，抬頭朝我一笑，很淒然。

「馮笑，你怎麼也哭了？」

「走吧，我們坐車回家。」我說。

「不，我今天晚上想和你一起走回去。我就要離開這個城市，離開你了，讓我和你多待一會兒，和你一起多看看這座城市吧。馮笑，你看，我們這座城市多美啊。我真捨不得離開這裏啊。」她說，聲音在哽咽。

「那就不要離開吧。也不要去當那什麼腿模了，自己開個服裝店什麼的，不是一樣可以生活得好好的嗎？」我說，發現自己的聲音也在哽咽。

「不，我不能退縮。這次我就要讓自己去試一試。馮笑，你以前不是對我說過嗎？破釜沉舟才可能取得成功的啊。」她決絕地說道。

我和她相擁著，緩緩地在這座城市的夜晚漫步。時不時地她會來親吻我一下，踮起她的腳尖。我也不住地親吻她的秀髮，深深地呼吸著她髮梢傳來的芳香。

「馮笑，你還記得我們第一次去看輪船的事情嗎？」她笑著問我道。

「都去過兩次了，當然記得。」我笑著回答。

「那樣真好……」她歎息著說。

「真好。」我也說。

「馮笑。」她忽然站住了，來到了我面前。

「嗯。」我應道，然後看著她。

「我想親你的嘴巴。」她說。

「我親你吧。」我說，隨即彎腰。

「不。」她輕輕推了我一下，讓我回復到直立的狀態，隨即她踮起腳尖，用她溫暖的唇來到了我的臉上，然後是我的唇上。我的唇微微張開，頓時感受到了她靈動的舌尖正朝我探索了過來。

猛然地，我想到了一件事情，一種極度的惶恐感覺頓時湧上了我的心頭。我輕輕地推開了她，「莊晴，你聽我說，你不要去北京了。」

她頓時怔住了，詫異地看著我問道：「為什麼？」

「你太矮了，不適合做模特兒的。」我說。剛才，她的幾次踮腳讓我猛然地意識到了這個問題。

一直以來，我都覺得她的雙腿，特別是她的小腿完美無比，那次在聽林易說到「腿模」那個職業後頓時就心動了，其一是莊晴本身就不喜歡護士職業，其二是她的腿具有那樣的條件。但我卻忘記了一點：模特兒是需要身高的。再漂亮的絲襪，在一個矮個子的女孩子身上穿著，都不會達到最美的效果。而且，剛才她說到了那個攝影師的事情，雖然那個攝影師的做法太過分，但那也說明了一點啊，至少攝影師也覺得她的腿還不夠修長。或許覺得不穿內褲的話，可以拓展她雙腿的長度。

所以，我忽然感覺到，莊晴如果就這樣衝動地去到北京的話，很可能面臨的將是一場慘敗。現在，我後悔了，我後悔自己當初不該慫恿她辭職。不過，事已至此，我覺得自己唯一應該做的，就是勸阻她去北京。

在本地，畢竟我還有那麼多的關係，即使讓林易給她安排一份工作，也不會是一件什麼大事情。何況常育、洪雅和我的那個專案，也是需要人去做的。她是一個女人，一個嬌小、從未出過遠門的女人，我很擔心。

可是，她卻笑了，「馮笑，你知道宋慧喬有多高嗎？」

我一怔，一時間沒反應過來，隨口問道：「多高？」

「和我一樣。」她回答，「我又不是去做服裝模特兒，要那麼高幹什麼？」

我頓時無語，不過，我依然覺得擔憂。

「不管了，就當是去北京玩一趟吧，只不過，這一趟的時間稍微長一點。我不怕，至少我還有一點存款，那套房子也還是我的。實在不行的話，今後把那房子賣掉，賣房的錢都夠我一輩子的了。實在不行，今後去找一位有錢的男人嫁掉，餓不死人的。馮笑，你說是不是？」她笑著問我道。

我摟了摟她的纖腰，「好吧，你去吧。既然你都下決心了，我還說什麼呢？不過我希望你一定要記住，在你需要的時候，一定要來找我。我，還有陳圓都會幫助你的。」

「嗯。」她說，隨即輕輕從我懷裏掙脫開來，「馮笑，我要回去了。你也早點回家吧。我到了北京後，會隨時給你發簡訊的。」

我頓時懵住了，因為我記得她前面好像對我說過……

「莊晴，你……我……」

「我和陳圓是好朋友。現在她和你結婚了，我不能再像以前那樣。馮笑，雖然我很想和你在一起。哎！我走了，你要好好的。」她說，隨即猛然地從我身邊跑開。

「莊晴！」我朝著她的背影大叫了一聲，但是她並沒有停下來。她去到了馬路邊，招手上了一輛計程車，她的影子就消失了。

夜色下，留下了一個孤零零的我。我歎息了一聲，緩緩地朝前方走去，側身去看，發現身後自己的影子好長，好長……

「哥，你的眼睛怎麼是腫的啊？」回去後，陳圓第一眼就發現了我的異常。

「喝多了。」我說。因為保姆在客廳的不遠處收拾東西，我只好暫時撒謊。

陳圓狐疑地看著我。

「我去洗澡，太累了。」我說。

是的，我真的很累，不是身體，而是我的心。

一個人在心情不好的時候，要麼沉睡，要麼會採用各種方式刺激或者折磨自己的肉體，因為我們害怕自己被埋藏在了那種鬱鬱之中。

當我脫光衣服後，房間裏面的霧氣已經完全地瀰漫了，我籠罩在了這片溫暖的白霧之中。頭頂「刷刷」地向我的身體釋放溫暖，它的溫度讓我的肌膚從收縮狀態，慢慢變成了舒展，我身體的神經和每一個細胞開始興奮，我真切地感覺到了自己生命的存在，因為在這一刻，我找到了自我。

馮笑，我低聲地呼喚自己說，全身沉浸在溫暖中的感覺，讓我的靈魂與我的肉體緊緊地結合在了一起。

汗出如漿，它們隨著流淌過身體的水流，被沖刷到下水道裏面去了。一種難以描述的暢快、爽利的感覺頓時湧遍全身，我好想大叫，好想讓自己靈魂裏面的鬱鬱跟隨身體的污穢一起被排泄出去。

熱霧散去，我感覺到自己的身體清爽到了極點。

之後，刮鬍子，漱口，洗臉，穿上睡衣睡褲，坐在裏面的小凳上修剪十指與腳趾的指甲，它們好長了。

我看著自己已經被修剪過的十指，心裏不禁自責：馮笑，你最近是怎麼啦？你可是婦產科醫生，這樣的指甲會劃傷病人的，病人的那個部位是多麼的嬌嫩啊，你怎麼連一個婦產科醫生最起碼的習慣都沒有了？

想著這些，我頓時汗顏。最近一段時間來，我的確過於沉迷於自己的那些私事了，以至於丟棄了職業中必需的某些東西，而更可怕的是，我的麻木與渾然不知。不過現在，我很滿意自己了，這才是一雙婦產科醫生的手嘛。

然後出門。

陳圓已經不在客廳，我去到臥室。

「哥……」陳圓驚喜地看著我。

「怎麼啦？」我微笑著問她道。

她的臉微微地紅了一下，「沒什麼，你好像變了一個人。」

「哦？我變成什麼人了？」我笑著問她道。

「你變得精神多了。」她低聲地笑。

「以前我不精神？」我用吹風機吹自己的頭髮。

「哥，我來給你吹頭髮。」她從我手上接過吹風機，「前些日子我發現你好憂鬱，整天好像都是心事重重的樣子。現在好像不一樣了，和我以前看到的你都不一樣了。」

「想不到你對我觀察得還那麼的仔細。」我笑著說。

「其他的人我不管，你不一樣的。」她低聲地說。

我當然明白她話中的意思，心裏頓時感到一陣溫暖。

我想不到這小丫頭竟然還有這麼柔情、細緻的一面，看來，她也並不是完全的不通世事。

她的手在我的頭髮上輕柔地捋著，吹風機傳來的熱風在我的髮梢上吹拂。

「陳圓……」我猶豫著，終於決定告訴她莊晴的事情。

「嗯。哥，你的頭髮有些軟，不要經常吹頭髮才好。」她說。

「哦。」我說，「我告訴你一件事。莊晴要走了，她要離開我們這裏去北京了。」

吹風的聲音頓時停了下來，「哥，你說什麼？莊晴姐？她去北京幹什麼？」

「你聽說過北漂一族嗎？她要去北漂了。明天就走。」我說，心中的鬱鬱感覺再次湧了上來。

「今天晚上你和她在一起了是嗎？」她問我。

「她給我打電話，說要離開這裏，我才去的。不管怎麼說都應該給她踐個行吧。」我說，明顯地，我感覺到陳圓在吃醋了。這是她第一次在我面前流露出這樣的情感。現在我明白了，在現代社會裏面，沒有哪個女人願意與另外一位女性同享一個男人。愛情是自私的，這句話雖然陳舊，但卻是絕對的真理。

她又打開了吹風，繼續給我吹頭髮。

「陳圓，」我說，「我覺得你應該給她打個電話。她也希望你經常與她聯繫。」

我覺得自己必須這樣要求她，因為莊晴今天晚上後來的表現，已經說明了她對陳圓的那種情感。莊晴的話還告訴我一個她沒有說出來的東西。她當時說她和陳圓是好朋友，所以，她不能再像以前那樣了。

根據我的理解，她那句話的意思應該包含以下幾個方面：第一，她與趙夢蕾不是好朋友，所以以前覺得無所謂；第二，她與陳圓的關係不一樣，現在陳圓已經與我有了真正的婚姻關係，所以，她必須退出。由此，我突然感覺到，她離開本地去北京的決定，應該與我和陳圓的婚姻有關係。

說到底，她失望了。

所以，我覺得陳圓無論如何應該給莊晴打這個電話，因為我覺得，人與人之間的真情才是最難得的。

「哥，我一會兒就給她打。」她說，手依然在我的頭髮上捋著。

「現在就去打吧，我自己來。」我說，把手朝她伸了過去。

她把吹風遞給了我，「哥……」

我朝她微微地揮手，「陳圓，去打吧。一個人這輩子能夠遇上一個真正的朋友不容易。你莊晴姐是真心愛護你、喜歡你的，你一定要珍惜。今天晚上，我們一起喝酒的時候，她還對我說，她說你太嬌柔了，讓我好好對你。你想，誰會這樣真心對你好？」

「我知道了。」她說，然後緩緩地出去了。

很快我就吹乾了自己的頭髮。我不喜歡給自己的頭髮定型，因為我覺得那樣太過油頭粉面。我是婦產科醫生，讓自己的外形保持自然和乾淨才是最重要的。

剛剛洗過澡後有些興奮，於是半臥在床上看書。我發現，當一個人拋棄一些煩惱、內心寧靜下來後，很快就能進入到看書的狀態，要知道，我手上的不是什麼小說，而是專業書籍啊。

前些日子我的副教授職稱已經通過了，由於趙夢蕾的事情，所以我對職稱的事情並沒有當成一件什麼喜事。

因為，職稱的解決是遲早的事情，但是老婆的事情卻已經難以挽回。科室裏面也沒有把我職稱的事情當成一回大事，因為我們醫院屬於醫大的附屬醫院、三甲等級，副教授級別算不上什麼。就是正教授也就那麼回事情。

在教學醫院裏面，博士生導師、學科帶頭人才是真正的厲害人物。對於我來說，目前感覺最大的變化就只有一個，從此我的門診變成了專家號。當然，工資會有少量的增加。不過，在醫院裏面，那點增加的工資，在藥品回扣面前就顯得微不足道了。

教學醫院裏面的醫生已經不再局限於醫生這個職業了，它還具有教書育人的使命。在職稱的評定上也是分成兩種類型，教學類是：助教、講師、副教授、教授；醫療類是：一般醫生、主治醫生、副主任醫生、主任醫生。

這次評定職稱的時候，我被分配到了教學系列，也就是說，今後我將承擔一部分的教學任務，而我的教學對象，將是那些大學本科臨床階段的學生。

所以，從現在開始，我就有了壓力。

看病是一回事情，教書又是另外一碼子事。

不多久，陳圓就進來了，我發現她的雙眼紅紅的。我心裏想道：這下你知道我剛才回來的時候，眼睛為什麼會那樣子了吧？

「打完電話了？」我放下了書，輕聲地問她道。她點頭，眼淚在掉落。

「哎！打個電話嘛，幹嗎這麼傷心？來，外邊冷，快來靠著我睡覺。」我揭開被子的一角。

她過來了，即刻蜷縮在了我的懷裏，「哥……」

我輕輕拍著她的後背，「好啦，今後經常與她聯繫吧。她很不容易，婚姻失敗，喜歡的人死於非命，現在啥也沒有了，還要獨自一個人出去闖蕩，真是難為她了。哎！」

「哥，你別說了。」她在我懷裏低聲地道，「我錯了，莊晴姐，她對我真的是太好了……嗚嗚！我覺得她現在好可憐。嗚嗚！我現在什麼都有了，但是她卻變成了這樣。嗚嗚！哥，你也幫幫她好不好？」

「她想出去看看外面的世界，想要獨自一個人去闖蕩一番。我覺得這倒是可以的。畢竟她年齡不大嘛。也許她的這個決定是對的，很多人都是在經過磨難後才取得成功的，我想，她肯定也是意識到了這一點後，才做出的決定。北京距離我們這裏雖然很遠，但是現在的交通如此發達，通訊更不用說了，你想她的話，隨時都可以與她聯繫的，甚至也可以坐飛機去北京看她嘛。」我柔聲地對她說。

「嗯。」她在我懷裏應道，我早已經感到自己胸前濕透了一片。

「明天你去送送她吧。」我又道。

「我說了。她不讓。她說，她害怕別人去送她，因為那樣她可能會改變主意的。」陳圓說。

我歎息。我知道莊晴為什麼會拒絕，因為離別是一種巨大的痛苦啊。

「睡覺吧。」我說。

她沒有回應我，只是將她的身體靠我更緊了。

我側身去關掉了燈，然後開始入睡。

明天我要去看趙夢蕾。在入睡前我在心裏對自己說。

第二天上午十點鐘的時候，我開始給童瑤打電話，她告訴我說，她中午的時候會開車來接我，同時還開玩笑說，要我請她吃午飯，「得好好請我吃頓飯，這不算索要賄賂吧？」

「不算，應該的。」我說，心裏忽然有了一個想法，隨即去找秋主任請假。

秋主任非常理解我目前的狀況，她也很同情我。

「馮笑，你準備怎麼辦？難道你還要等她？」

我搖頭，「以後再說吧。」

她並不知道我和趙夢蕾已經離婚的事情，我也不想告訴她，畢竟這樣的事情對我來說有些不道德，同時也很尷尬。

「哎！大家都不容易啊。」她歎息道，「不過馮笑，只要是人，只要上天讓你變成了人，就不會讓你過得那麼舒坦的。每個人都有自己的劫難，度過去就好了。你學姐，蘇華的事情你知道了吧？也是劫難啊。哎！」

我吃了一驚，「她，她出什麼事情了？」

「她呀……馮醫生，我不喜歡在背後說人家的好歹，不過你學姐現在麻煩了，她與董主任的事情被她男人發現了，現在兩口子正在鬧離婚呢。」她說了蘇華的事情，同時也給我批了假。說實話，秋主任這個人對我們還真是很不錯，而且對病人也很好。很慈祥的一位老太太。

當我聽到她說蘇華的事情後，我大吃一驚，同時也明白她為什麼可以預先被醫院考慮到不育中心去的原因了。前段時間醫院裏已經作出了決定，醫院將馬上籌建不育不孕中心，泌尿科的董主任將擔任那個中心的負責人。然而，我沒有想到，蘇華竟然會通過那樣的方式去獲取調動的機會。對此，我很不理解：蘇華，婦產科就那樣讓你深惡痛絕嗎？你這是何必呢？值得嗎？

不過，我現在根本就顧不過來考慮她的事情，我自己的事情都還讓我頭痛呢。

隨即，我到病房走了一圈，我管轄的病人情況都還不錯。

丁香和唐小牧的情況更讓我感到欣慰。有一點我有些奇怪，因為直到現在，我都沒有看到有人來陪伴唐小牧，但卻發現她的病房裏面時時都有新鮮的水果。所以，我今天順便問了她一句，「你的這些水果不是你自己出去買的吧？」

她搖頭，「是他買來的。」

我更詫異了，「我怎麼從來沒見過他？」

「他每次都讓外面的人給我送進來的，給人家十塊錢就送進來了。」她說，很不好意思的樣子。

我不禁笑了起來：這是一個什麼樣的男人啊？怎麼會這樣？可是我不好多問。

回到醫生辦公室後，我看了看時間，隨即拿出電話來取翻看蘇華的號碼，找到了，我撥打了出去，可是又隨即按掉了。我歎息了一聲，然後把手機放回到了衣兜裏面。

秋主任說得對，每個人都有自己的劫難。度過去就好了。

現在，我必須去幫助趙夢蕾度過她的這場劫難。我在心裏暗暗祈禱：夢蕾，希望你能夠原諒我，更希望你可以平安度過這一劫。你知道嗎？我馬上就要來看你了，不知道你現在是胖了還是瘦了，還會失眠嗎？你等著啊，我馬上就要來了。

就這樣，我坐在醫生辦公室裏面默默地給她說著話，腦海裏面浮現出的是她美麗而悽楚的笑容。我的電話忽然地響了起來，正在冥想的我全身頓時一哆嗦，急忙拿出電話來看。是童瑤打來的。

「我馬上出來！」掛斷電話後就朝外面跑，幾步之後急忙又反轉了回去。我忘記脫白大褂了。

在跑往科室外面的時候，我的電話再次響了起來，急忙接聽，「馮醫生，你幹嗎那麼著急掛電話啊？」

我心裏頓時一沉：難道她又有急事？

「我二十分鐘後到。現在堵車呢。」她在電話裏面笑著說。

我頓時放心了，「這樣，我去醫院對面那家酒樓等你吧，我先去把菜點好。」

「不用，一會兒我帶你去一個地方。那裏的菜味道還不錯。」她說，隨即掛斷了電話。

我只好轉回到辦公室裏面，然後開始等待。

我發現，這種等待是如此的漫長……

童瑤開來的是一輛警車，桑塔納。

我發現，再難看的車只要噴上警車的顏色，裝上警燈後，就一樣地變得好看威嚴起來。而且我發現，今天童瑤竟然是如此的漂亮。

「看什麼看？」開車的她發現了我不正常的眼神。

「童警官，我還是第一次看見你穿警服。真漂亮。」我由衷地道。

是的，她今天確實很漂亮，本來就長得好看的她被一身警服包裹，就忽然多了一種颯爽的氣質，而她的這種氣質不是每一個女員警都具備的。警服也擇人。

她看著我笑，「馮醫生，你真會奉承人。我看啊，你這個婦產科醫生很危險的啊。」

我苦笑，「我說的可是真話。」

「我知道，你今天奉承我是有目的的。好吧，我就接受你的奉承吧。免得你心裏忐忑。」她大笑著著說。

「呵呵！謝謝。」我說，「童警官，我們去什麼地方吃飯？」

「到了你就知道了。你看，就前面。」她朝車窗的前方指了指。我朝她手指的方向看去，發現竟然是一個路邊攤，不過外邊卻停了不少的車，路邊擺滿了小桌，吃飯的人好像還不少。

她將車停了下來，「就這裏了，試試，味道可是相當的不錯。」

「童警官，你等等。」我說。

她側頭來詫異地看著我。

我從衣服裏面、腋下拿出一個小紙袋。剛才上車之前，我就把這個紙袋夾在自己的衣服裏面。

「童警官，一點小意思。請你務必收下。」

「什麼東西？」她問道，臉上頓時變了。

我有些緊張起來，「你不是說我們是朋友嗎？我送給朋友一點小禮物沒什麼吧？」

「你先說，究竟是什麼東西啊？剛才你上車的時候，我看見你衣服裏面好像藏有東西，原來是這個啊。」她的臉上稍微變得和顏了些。

「化妝品，小東西。」我說，因為是第一次賄賂別人，所以我心裏還有些扭捏。

「化妝品？」她問道，隨即接了過去，然後將裏面的盒子取出來，「啊，世界品牌啊，很貴的。你去買的？」

我急忙搖頭，「不是，是病人送給我的。我拿來也沒用處，家裏都還有呢。」

「你病人給你送這個？你知道這東西值多少錢嗎？」她依然不相信。

我搖頭，「我哪裏知道。不過，我的病人當中什麼人都有的，反正現在的有錢人不少。有個別的病人送我領帶什麼的，但送化妝品的畢竟不多。童警官，我想了，既然我們是朋友，而且你今天也幫了我這麼大的忙，無論如何，我都得感謝你才是。反正這東西我沒用。我老婆現在這樣的情況也用不上是吧？與其放在家裏放壞了，還不如送給你。」

她看著我，目不轉睛。

我頓時不自在起來，「怎麼啦？我說的都是真話啊。」

她忽然地笑了，「你開始說的我不贊同，既然大家是朋友的話，就不需要這樣客氣了。不過你後面那句話我贊同。是啊，你放在家裏放壞了，豈不是可惜了？啊，不對，你不是又結婚了嗎？你現在的老婆不需要？你差點把我繞進去了，你老婆你老婆的，讓我老是想到趙夢蕾。」

「我說了，家裏還有呢。這東西總不可能是往臉上塗抹得越多越好吧？」我急忙地道。

「你是不是經常給漂亮女孩子送這玩意？」她卻看著我怪笑。

「童警官，你說什麼呢。我還是第一次送別人東西。真的。」我更惶恐了。

「我不能要。」她說。

「為什麼？」我頓時無措起來。

「你說得對，朋友之間送點東西本無可厚非。但是你這東西太值錢了，是奢侈品呢。一是它太昂貴，二是我害怕用了你的這東西，今後用其他的東西沒效果，那我豈不是糟糕了？我可買不起這玩意。」她笑著說，隨即將盒子放回到紙袋裏面，連同紙袋一起朝我遞了過來。

「童警官，我送出去的東西怎麼可能收回來呢？除非你不想認我這個朋友。趙夢蕾的事情我並沒有什麼特殊的要求，所以，這不應該算是在賄賂你吧？我就是一個醫生，我送你東西，純粹是朋友之間的禮尚往來，而且我也說了，這東西對我沒什麼用處。說實話，我並不知道它值多少錢，我覺得那些都不重要，我只是覺得它更適合你。你如果不要的話，我就扔在路邊了，反正我拿著也沒用。」我急忙真誠地對她說。

她看著我笑，「馮醫生，我還以為你真的很會說話呢。哎！你剛才的話可把我打擊得很慘啊。」

「我哪裏打擊你了？」我感到莫名其妙。

「現在我才知道自己是個醜八怪啊，原來我最需要這些化妝品。」她笑著對我說。

我頓時瞠目結舌起來，「我……我可不是這個意思。」

「好吧，那我就收下了，謝謝你啊。不過，你可要一直給我提供這樣的東西才行，否則的話，我今後可就慘了。我知道你們醫生很有錢。」她大笑道。

「沒問題，沒問題的。」我急忙地道，心裏頓時鬆了一口氣。我想不到送人東西竟然也這麼麻煩。

還別說，這個路邊攤的味道還真的很不錯，我覺得比酒店的那些菜好吃多了。而且這地方的菜都是現成的，點好了兩分鐘就端上了桌，因為都是燒菜和蒸菜。剛才下車的時候我發現，停在這裏的竟然大多是好車。由此看來，來這裏吃飯的並不是什麼窮人。

我吃了三大碗米飯。我可是很久沒這樣吃過飯了。太舒服了。讓我感到駭然的是，童瑤竟然比我還吃得多，她吃了四碗！

「討厭！別這樣看著我。不然大家都會來看我的。」她發現了我的駭然，頓時惱怒起來。

我不禁搖頭苦笑。

她頓時也笑了起來，「你是覺得我太貪吃了吧？擔心今後沒人養得起我是不是？得，今天我付錢，你看看有多便宜。」

「我付。哪有你付錢的道理？」我急忙地道。

「打住啊。你送我東西，我請你吃飯。我們扯平了。」她制止住了我，隨即朝一個服務員叫了一聲，「結賬。」

我想不到真的這麼便宜，我們兩個人一共只吃了五十塊錢。

「怎麼樣？我賺了吧？」她看著我笑。

「謝謝你。我知道你今天是特意安排了這個地方的，你不想讓我多花錢。」我有些感動了。

「馮醫生，你還是沒有把我當朋友啊。哪來那麼多謝謝啊？」她瞪了我一眼，隨即又道：「本來我不想收你那東西的，不過我想認你這個朋友。」

「謝……這個，今後我一定注意。呵呵！」我差點又說出了「謝謝」二字。

「馮醫生，我想請你幫我個忙。可以嗎？」她也差點笑了起來，隨即對我說道。

「你說。」我急忙地道。我發現，自己竟然莫名地高興了起來。

「我有一個表弟，今年大學剛剛畢業，你現在是江南集團林總的女婿了，能不能幫我表弟安排一個好點的工作？」她問我道。

「沒問題。」我說。我當然敢答應她，因為我完全有把握。

「這樣，我讓他明天來找你，順便把他的資料給你帶來。」她又說道。

「好。」我說。

她隨即朝我嫣然一笑，「怎麼樣？現在不會再對我說謝謝了吧？我可是也給你添了麻煩了啊。」

我頓時笑了起來。

後來我才知道，原來員警安排臥底的方式竟然是如此的不露痕跡。當然，這是後話。

「走吧，你馬上就可以見到你老婆了，哦，不，你前妻了。」她笑著對我說。

雖然她的話有調侃的意思，但是我依然還是禁不住激動了起來。

第六章

勞燕分飛

她哀怨的眼神說：「我們沒有任何關係了。」
「夢蕾，我是為你好。我也是沒辦法，只能這樣的。」
我的心在滴血，眼淚再次流下。
她低聲地道：「馮笑，謝謝你來看我。」
我聽不到她離開時的一絲聲音。
她的背影漸漸遠去，頓時消失在我的視線裏面，
燈，驟然熄滅，我的眼前一片漆黑。

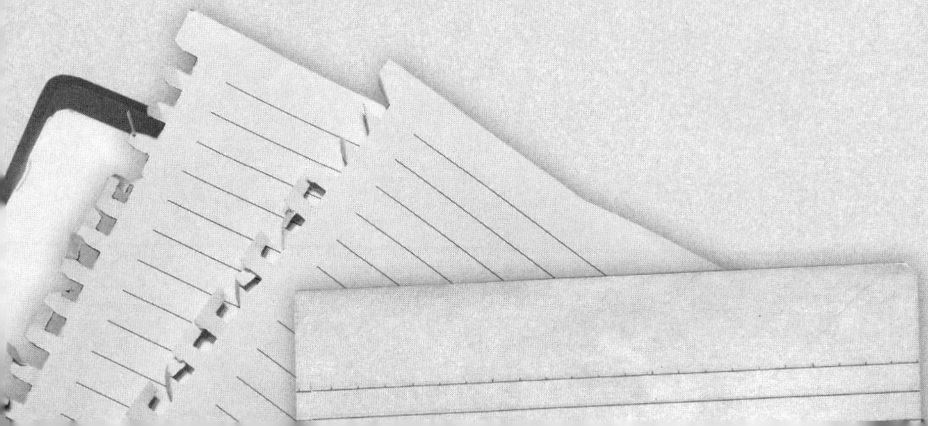

市區靠近郊外處，公路一處轉彎的地方，坡上，一個中式建築的大門。童瑤將車停在大門的外邊。

「到了。」她對我說。

我很詫異，「這就是看守所？」

她點頭，「是啊。怎麼？你以為看守所像什麼樣子？」

我搖頭不語。

在我的想像中，看守所應該和監獄一樣，高牆電網，重兵把守，閒人根本就難以靠近。但是我眼前的這個地方卻冷冷清清的，就好像一處破產的工廠一樣。大門前沒有守衛，現在除了我和童瑤之外，一個人也沒有。而且，大門還是開著的。我覺得很不可思議。

但是，大門上卻明明掛有一個牌子：江南省第一看守所。

「本來我可以把車開進去的，但是想到今天畢竟是以私人的方式到這裏的。算了，就停在外面吧。」童瑤說，隨即朝裏面走去。

我急忙跟上。

一條長長的斜坡過後就是平地，我發現這裏竟然有不少的建築物。不過，裏面依然清靜，而且也沒有看到有什麼人。

「你沒帶東西來吧？」童瑤問我道。

我現在兩手空空的，當然沒帶東西了，「我第一次到這裏來，不知道這裏的規矩。可以帶東西嗎？」我有些惶恐起來。

「但願你今後不要再來了。自己進來或者是來看別人都不是什麼好事情。這地方就如同你們醫院一樣。呵呵！」她笑道，「這樣，那裏有一個小賣部，你可以在那裏買東西，也可以放點錢在那裏，但是不能超過五百塊，東西和錢可以通過這裏的獄警交給趙夢蕾。」

「好，我去給她買點東西。」我急忙地道。

進入小賣部後，我發現這裏所賣的東西極其有限。礦泉水、速食麵、香煙、還有少量的火腿腸。裏面有一位員警在，年紀有些大，估計快要退休的樣子了。

「除了香煙之外，其他的都要吧。」我說。

「要多少？」那位員警問道。

我急忙去看童瑤。

她笑道：「一共買個兩百塊的吧。」

我朝那位員警遞過去七百塊錢，「買兩百塊的東西，存五百在這裏。」

「你先登記，寫下犯罪嫌疑人的名字。」員警對我說。

我很快就填好了，那位員警隨即將一個塑膠籃子放到了我面前，「這是兩百塊的東西，你看看。」

裏面只有五瓶礦泉水，五盒速食麵，兩根火腿腸，然後還有少量的小包裝零食。

「最多可以買多少東西？」我問那位員警。

「五百。」員警回答說。於是，我又朝他遞過去三百塊錢，「那就五百吧。小吃多一點。」

於是，那位員警又開始往塑膠籃子裏面扔東西。現在我看了才覺得順眼了。

隨後，童瑤帶著我繼續朝裏面走去，在穿過一棟建築物後，我看到了正在執勤的武警。我這才知道，這才是真正關押待審犯人的地方。

童瑤拿出警官證遞給了其中的一位武警，說了句：「我給王所長聯繫過的。」

武警點頭，「所長給我們講過。進去吧。」

進去後發現裏面是一個四合院，童瑤帶著我進入到一側長長的過道裏面，這裏來往走動的員警還不少。有位年輕的員警在給童瑤打招呼，「又來了？」

「我還正說找你呢，今天王所長不在，你帶他去與趙夢蕾見一面，他是趙夢蕾的丈夫。」童瑤指著我，對那位員警說。

「好。」那位員警沒有拒絕，隨即對我說道：「跟我來吧。」

我忽然感到害怕。這是我第一次到這樣的地方來，滿目全是不熟悉的建築和員警，「童警官……」

「我在外邊等你，順便去看一位朋友，你出來的時候給我打電話吧。」她朝我笑道。

我這才跟著那位員警往裏面走去。其實，當我剛進入到那處有武警站崗的地方，就已經感受到了這裏的威嚴。從那一刻起，我的心裏就開始惴惴不安了。而現在，我心裏更加惶恐起來。由此，我想到了趙夢蕾。她可是女人啊，在這樣的地方，如何能夠待得下去？就連我現在，都已經有了一種威壓與被捆綁似的難以呼吸的痛苦感覺。

那位員警在前面走著，我跟在他的後面，我感覺到自己的邁步都有些僵硬。中間轉過幾道彎，我暈頭暈腦的。

終於，他打開了一道門，「你在裏面等，我去給他們講一下，她馬上就會出來了。」員警轉身對我說，年輕的臉上給了我一絲笑容。

「謝謝。」我對他說。他的那一絲笑容讓我心裏溫暖了一下，內心不再那麼的惶恐了。

他自顧自地去了。我進到房門裏面。

裏面很大，但卻空落落的，什麼也沒有。正前方是一牆玻璃窗，一格一格的，窗上有電話樣的東西垂掛著。我看過電影電視上那些探監的鏡頭，知道那地方就是一會兒與裏面的人說話的地方。於是，我朝那裏走去。房間太大了，太空曠了，我腳下發出的聲音竟然有了迴響。

走到了那壁玻璃牆處，果然看見一格格的窗戶旁邊是電話機的聽筒，朝裏面看去，發現玻璃牆裏面黑漆漆的，根本就看不清楚情狀。

現在，我獨自一人置身在這樣一個空間裏面，心裏的惴惴與不安在這一刻達到了極致，我甚至能聽到自己快速的心跳。

忽然，身後傳來了腳步聲，急忙轉身去看，發現竟然是童瑤，她的身旁還有另外一個女員警。她們都在朝著我笑。

「還沒有出來。」我對她們說，同時投去了感激的笑。

童瑤朝我身後指了一下，「來了。」

我快速地轉身，發現玻璃牆的那一邊已經變得一片明亮。我看到了，是她，我的妻子，我曾經的同學，趙夢蕾。

我完全沒有想到，自己眼前的她竟然會是這個樣子。我第一眼看到的是她的模樣，確實是她，是我熟悉的那個她，不過憔悴多了。她的身上穿的倒是常人的衣服，不過上衣的外邊卻有一件淡綠色的布質馬甲。我一眼就認出她來了，因為她梳理得整齊的頭髮下面是她光潔的臉。

我看見她了，張大著嘴巴竟然忘記了呼喊她。她也看見我了，我看見她眼仁中一絲亮光閃爍了一下，頓時就變得黯然起來。兩位女員警站在她的身旁，面無表情。

「馮醫生，去拿一個聽筒，用那個和她說話，我們出去等你。」身後傳來的是童瑤的聲音。

我這才醒悟過來，因為我發現玻璃牆那邊的她在走動的時候，竟然沒有任何的聲音，她的那一邊與我的這一邊是隔音的。

我快步去到她正對的那個聽筒處，將那個聽筒取下來放到了我的耳邊。她身旁的一個女員警彷彿對她說了句什麼，她這才朝我的方向走了過來。她沒有激動，步履如常。

她走到了玻璃牆的前面，與我只有一層透明玻璃的距離，我可以清楚地看見她的容顏。猛然地，我再次心顫起來，我發現，她兩鬢竟然已經有了白髮。這一刻，我的眼淚止不住地往下滴落，「夢蕾……」

她拿起了聽筒，我激動萬分，大聲地問道：「夢蕾，是我。你怎麼啦？怎麼好像不認識我了？」

我看見她的嘴在動，耳朵裏頓時傳來了她的聲音，很小的聲音，「馮笑……」

「夢蕾，太好了。你現在怎麼樣？還好嗎？我給你請了律師，你們見面了吧？他可是我們省最知名的律師了，你要多和他交流。」我很是激動，即刻說了一連串的話。

但是，我忽然怔住了，因為我聽見她在問我：「馮笑，你幹嗎來看我？我現在是你什麼人？」

「我……我，夢蕾，我也是沒辦法啊。有些事情我現在不能對你講，但我是為了你好啊。真的。」我慌忙地解釋道。

「我們沒有任何關係了。」她說，從玻璃的那一邊在看著我，雙眼緊緊地看著我。我看見，她的眼神裏面全是哀怨。

「夢蕾，你今後就知道了，我這是為了你好。我也是沒辦法，只能這樣的。」

我的心在滴血，眼淚再次流下，「夢蕾，你要聽我的，即使你再恨我，也要儘量與律師配合，你還年輕，爭取早點出來……」

她低聲地道：「馮笑，謝謝你來看我。」說完後，就將她耳邊的聽筒拿開了，緩緩地放到玻璃牆的上面。

我大驚，慌忙地道：「夢蕾，你別！我的話還沒有說完呢。」

可是，她卻已經放下了聽筒，她再次看了我一眼，然後轉身朝那兩個女員警走去。我看著她離去的背影，淚水滂沱。

在來這裏的路上，我腦子裏面一直在想，見到她之後，應該對她說些什麼話，我在想，一定要她對未來的生活有信心，一定要暗示她那件事情，精神病鑒定的事情，還要告訴她……但是，當我在見到她的那一瞬間，卻忽然感覺到腦子裏面是一片空白，完全忘記了自己剛才在車上早已經組織好的語言。

可是，當我終於慢慢冷靜下來的時候，她卻停止了與我的通話。而且，根本就沒有留下任何餘地。

她離開了，我聽不到她離開時候的一絲聲音。她的背影漸漸遠去，頓時消失在我的視線裏，燈，驟然熄滅，我的眼前一片漆黑。

「夢蕾……」我禁不住號啕大哭起來，內心的慚愧、悔恨、傷痛一齊奔湧上來，我感覺到自己的世界在這一刻完全地坍塌了。

「哎！」我耳邊忽然傳來了一聲歎息。我熟悉這聲歎息，它來自童瑤。我緩緩地轉身。

「走吧。既然如此，你何必要答應和她離婚呢？你們男人為什麼要如此無情？」她在看著我，滿眼的痛惜。

我揩拭了自己的眼淚，直直地朝外面走去，但是眼淚卻止不住要往外面流淌。走到了門外，我停住了腳步，深呼吸了幾次，終於強制自己的眼淚不再往外流出。

一路上，童瑤和我說了幾次話，但我都沒有回應她。她歎息了一聲後，便不再來理會我。車進入到了城市的中心地帶，我看著外面如織的人群，還有滿耳的喧囂，頓時有了一種衝動，「我要下車。」

我忽然地說道，發現自己的聲音裏面竟然還有哽咽。

她停下了車，側身關心地問我道：「你沒事吧？」

我搖頭，「謝謝你。」隨即打開車門下了車，即刻匯入到如織的人流中。

我跟著前面的人流走著，盲目地走著。我不知道自己究竟要做什麼，唯一的想法是不想離開這些人，我的內心裏面好害怕孤獨。

他們有的在歡笑，有的在親熱密語，還有的在匆匆行走。忽然，我看到一男一女在我前面不遠處一邊走著一邊在爭吵，女的氣勢洶洶，男的偶爾回應一句。

我看著他們，猛然發現那個男人即使是那樣，也比我現在好多了，至少還有人可以吵他。我頓時站立，癡癡地在這裏站立著。我茫然了，不知道應該去往何處。周圍的人們不住地在我身旁來往，我卻站在這裏茫然無措。這一刻，我感覺到自己似乎已經遠離了這個世界，而我身邊彷彿都成了虛幻。四周的人影開始變得飄忽起來，耳邊的聲音也在遠離我而去。這個世界成了我一個人的世界，只有我，獨自站立在這空曠的步行街上。這就是我的世界麼？我在心裏喃喃地問我自己道。

我就這樣呆立著，忘記了時間的流逝，甚至忘記了我自己。我的腦子裏面一片空白，眼前早已經變得一片模糊。就這樣，不知道過了多久。

猛然地，我感覺到了自己的存在，喧囂的聲音也回到了耳朵裏面，眼前人們的面孔再次變得清晰起來。因為我忽然感到自己的身體遭受到了一次撞擊。正是這一下撞擊，讓我回到了現實中來。

「對不起，對不起！我沒注意到你。」一個聲音在我耳邊響起，我眼前出現的是一個中年男人，他不住地朝我道歉。

我朝他笑了笑，「沒事。謝謝你。」

他狐疑地看了我一眼，然後匆匆離去。他肯定覺得我的精神有問題，我在心裏苦笑。不過，我是真的感謝他，因為他的那一撞，讓我回到了現實。

歎息了一聲，我穿過人群去到了馬路邊。

我招手，一輛計程車快速地朝我駛來，停靠在了我的身邊。

「去哪裏？」司機問我。

「濱江路。」我回答。

我想喝酒，想讓自己大醉。

我沒有挑選吃飯的酒樓，進入到濱江路後，就隨意朝一家看上去還不錯的酒樓走了進去。一眼就看到大廳角落處的那個位置。

我喜歡那裏。

「先生，一個人嗎？」服務員熱情地迎了過來。現在，天色剛剛暗下來，距離人們習慣的晚餐時間還有些早。而我這才反應過來，自己在前面那個地方竟然呆立了那麼久。

現在，我聽到服務員在問我的時候，才感覺到自己真正回到了現實，於是長長地舒了一口氣，點頭道：「我一個人，麻煩你隨便給我安排幾個下酒菜吧，再來一瓶五糧液。」

服務員離開了，我拿出手機，準備給陳圓發簡訊。我想告訴她，今天晚上不回家了。是的，我今天晚上想醉，想獨自一個人待上一夜。獨自一個人，在我和趙夢蕾曾經的那個家裏。

忽然，我發現手機上有好多的未接來電。有林易的，陳圓的，還有上官的，最後的一個竟然是蘇華的，她連續打了好幾次。

我歎息，開始一一回撥。

這一刻我才知道，要與這個世界完全隔離，是一件多麼不容易的事情，除非遠離這個塵世，拋掉身上所有的通訊工具。這個世界已經變得處處是塵世了。

「聽說你請假了？」林易問我道。

「有事情嗎？」我不想和他閒扯。

「端木專員晚上想請你吃飯，你一直不接電話，明天吧。好嗎？」他說。

「明天再說吧。」我想即刻掛斷電話，但是，想到他現在與陳圓的關係，也就制止住了自己的這種衝動。

「明天我與你聯繫。好吧？」他問我。

「好，就這樣啊。」我說，發現聽筒裏面再也沒有了聲音，這才輕輕掛斷。他肯定知道我今天去看過趙夢蕾的事情了。因為從他的話裏面，我感覺到了這一點。

「哥，你怎麼不接電話啊？在做手術是不是？」陳圓問我道。

「什麼事情？」我心中升起一絲溫暖，但是即刻消失了。

「林叔叔在找你。」她說。

「知道了。陳圓，晚上我有事情，不回家了。」我說，竭力地讓自己的聲音變得柔和。

「哥……」她的聲音似乎有些不滿，我即刻壓斷了電話，心裏在歎息。上官的電話，我不想回撥，因為我估計她也應該是林易說的那件事情。

蘇華……她找我幹什麼？現在，我才開始覺得奇怪起來。我發現，今天我腦子的反應有些慢了，神經也不再像平常那麼的敏感。

我給她撥打了過去。

「學姐。」電話通了，我平靜地叫了她一聲，「對不起，沒聽見。」

「明明是你故意不接我電話的。我的事情你知道了吧？看不起我是不是？」她的聲音冷冷的。

「我哪裏有資格看不起別人？我自己的事情還在傷腦筋呢。學姐，我現在心情不好，有什麼事情以後再說吧。」我苦笑著說。

她大笑，「好！我們真是學姐弟啊。你現在什麼地方？」

「我一個人在喝酒，心裏煩。」我說。

「你在哪裏喝酒？我也要來。我還正說找你喝酒呢，我心裏也煩。」她說。

「你就不要來了吧，我想一個人待一會兒。」我說，心裏頓時煩躁起來。

「我就是要來。馮笑，你快告訴我啊，求求你了。我也想去喝酒，也想一個人去喝酒，正在計程車上面呢。」她懇求道，聲音裏面還帶有哀求的意味。

我在心裏歎息了一聲，「濱江路。」

她來了，從酒樓外邊飛快地跑了進來。我正對著酒樓的門口處，早就看到她在酒樓外邊飛跑的樣子。她看見了我，快速朝我跑了過來，一屁股就坐到了我的對面。我早已經讓服務員給她準備好了碗筷和酒杯，葡萄酒杯。

她看著桌上的菜，「喲！馮笑，你還蠻會享受的嘛。一個人要了這麼多菜，還是五糧液！」

我朝她苦笑，隨即給她的酒杯倒滿了酒，「學姐，來，喝酒。不要說話，我心裏煩。」

「好，喝酒。」她端起酒杯來，與我碰杯，「我們乾杯吧？」

我搖頭，「你先吃點東西吧。不要喝得太急，很容易醉的。」我說著，就給她夾了些菜。我的筷子還沒用過，在她面前剛剛打開。

可是，她卻猛然地一口乾完了那杯酒，隨即將酒杯的杯底亮給我看，「馮笑，乾杯啊？你還是男人呢。」

其實我也想乾杯，剛才只是擔心她，現在見她這樣，隨即端起酒杯一口喝下，嘴裏頓時澀澀起來，胃裏也在翻騰，急忙去吃菜。

她卻沒有吃東西，她拿起酒瓶在給我倒酒，然後是她自己，「咦？怎麼沒有了？馮笑，這一瓶怎麼夠？」

酒精進到我的胃裏後，很快就去到了我的血液裏面，它讓我全身的神經都開始興奮了起來。我揚起手，朝遠處的服務員大喊了一聲：「再來一瓶酒。」

服務員飛快地跑了過來。

「再來一瓶。」我對她說。

「你們兩個，還要來一瓶？五糧液？」服務員滿臉的懷疑。

我大怒，即刻從褲子的後兜裏面摸出錢包來，打開，「你看看，夠了嗎？還有銀行卡。」

「夠了，夠了。」服務員滿臉緋紅，轉身就跑。

蘇華大笑，「馮笑，你生氣的時候也是那麼可愛。哈哈！」

我哭笑不得，「學姐，蘇華，你的意思是說，我像女人吧？我覺得自己真的像了。這都是怎麼了？怎麼現在做起事情來總是該放下的放不下，不該放下的卻又偏偏放棄了。」

「多喝酒，多在外面和男的一起喝酒。明白嗎？」她說，又朝我舉杯。

「喝慢點，很上頭的。」我去與她碰了，隨即對她說道。

「喝一半吧。」她說，竟然真的喝了一半。

我也隨即喝下，「吃東西。你說你要來，我才又加了幾個菜。」

她開始吃東西，「馮笑，好像你現在挺有錢的。怎麼掙來的？」

「沒錢。喝酒的錢有就行了。」我說，感覺到胃裏面翻騰得厲害，急忙喝了一口茶，頓時好多了。

「你怎麼心情不好的？你遇到什麼事情了？」她問我。

我去看著她，發現她的臉上已經是通紅一片。平常男人性格的她，竟然有了一種嬌媚之色。

「我今天去看守所看她了。她恨我。」我歎息著說，心裏的鬱鬱頓時再次升起。

她頓時很詫異的樣子，「她恨你？她為什麼要恨你？又不是你讓她殺人的。」

「蘇華！」我頓時憤怒。

「對不起。我只是不明白。」她即刻向我道歉，隨即端起她的酒杯一飲而盡，「這下可以了吧？我自己罰自己這杯酒。」

我駭然地看著她，我從來不知道她的酒量竟然這麼的大。可是，我卻發現她的臉更紅了，眼睛裏面已經是淚眼花花。

我心裏頓時後悔，「學姐，有件事情你不知道，我和她離婚了。雖然是她提出來的，但是我簽字了。今天我才知道，其實她僅僅是為了試探我，試探我對她的感情。哎！我真混賬啊。」

「離婚就離婚唄，有什麼大不了的？」她說，嘴巴癟了一下，「我也離婚了，狗日的男人！自己在外面花天酒地可以，卻不能原諒女人的一次出軌。」

我驚訝地看著她，因為我完全沒有想到，她竟然會說出這樣的話來，「學姐，你喝醉了吧？」

「我？喝醉？哈哈！笑話！」她大笑。

幸好現在酒樓裏面已經陸續來了不少人，大廳裏面沸沸揚揚的已經變得喧囂起來了，不然的話，我們肯定會遭到別人的側目。

「學姐，你這是何必呢？」我歎息，一語雙關。

「馮笑，你覺得這個世界好笑不好笑？想當初，我與江真仁結婚的時候，我們分別在單位裏面開證明資料，然後去照相，再然後去辦證，整整忙了一天才拿到了結婚證。那時候我們兩個人海誓山盟，在很長一段時間裏過著如膠似漆的日子，那叫什麼？對，坐則交膝，臥則交頸，舉案齊眉什麼的，結果你看，現在離婚了，不到五分鐘就辦完了離婚手續。馮笑，你說說，這世界上還有真正的愛情嗎？」她搖晃著她的頭，一邊去開那瓶服務員剛剛拿來的酒。可是怎麼也打不開。

「給我。」我說。

「不，我不相信我打不開它。」她說。

「給我吧，你別和那瓶酒使氣啊？」我朝她伸出了手去，她這才把酒瓶遞給了我，氣咻咻地道：「這人倒楣了，連酒瓶都會欺負你。」

我一邊打開酒瓶一邊說道：「蘇華，其實我很不理解你。不育中心對你真的就那麼重要嗎？」

「哎！」讓我想不到的是，她竟然在這時候忽然地歎息了起來。

「怎麼啦？」我已經打開了酒瓶，將她的酒杯拿了過來，開始給她倒酒。

「馮笑，你根本就不瞭解我們科室裏面的事情，也不瞭解我的家庭啊。你真的不瞭解。」她歎息，端起她的酒杯又準備喝下。

我急忙阻止她，「你別喝那麼快好不好？」

「你要陪我一起喝是不是？」她問我道。

我發現，她的雙眼裏竟然透出一種我從所未見的迷人風情。

第七章

理智沉淪

第二天醒來的時候，我發現蘇華已經不在了，
被窩裏還留存著她的餘溫，以及她特有的香水氣味。
我再一次有了種恍然若夢的感覺。
蘇華，這怎麼可能呢？但是，一切都已經發生了。
在我心裏，絲毫沒有發生關係後的那種欣快感覺。
昨晚肉體得到極大的滿足，但一覺醒來，卻唯有後悔。

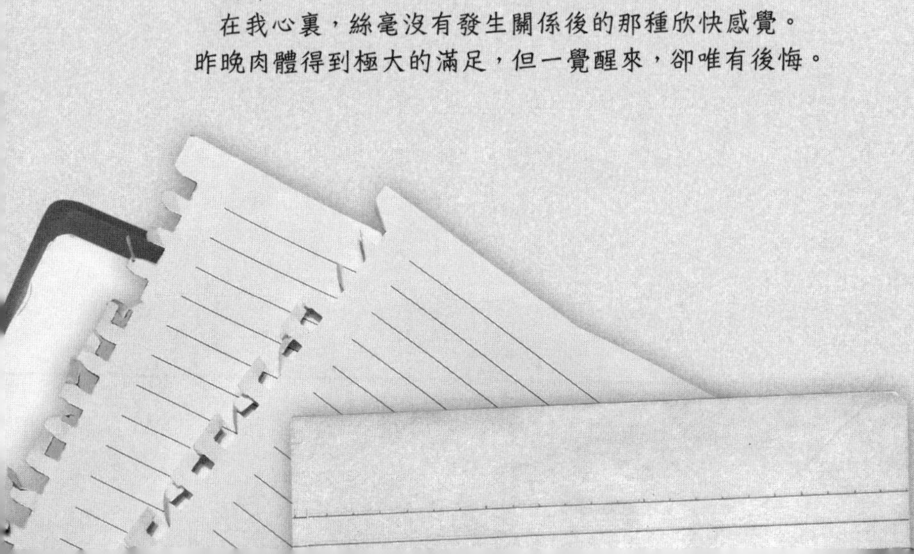

今天晚上，我發現蘇華變得和以前真的不一樣了。也許她真的已經喝醉了。我也想喝酒。

當她問我是不是要陪她喝酒的時候，我舉起酒杯，「來，喝。我陪你。」

她朝我媚了一眼，「馮笑，你這才像個男人嘛。」

我頓時生氣了，「蘇華，難道你以前一直覺得我不像個男人？」

她一口又喝下了，隨即看著我笑，「婦產科裏面的男醫生有幾個像男人的。老胡，我們科室裏面，以前的那個老胡你還記得吧？說什麼他覺得他老婆醜了才離婚的，騙鬼去吧！我知道的，他是因為他不能滿足他老婆，才被他老婆給甩了的！哈哈！馮笑，你呢？你怎麼樣？你在床上怎麼樣？」

「你真的喝醉了。」雖然我自己也已經有了酒意，但是依然還有一絲的清醒。我們都是婦產科醫生，本來這樣的玩笑開著無所謂，但這畢竟不是在醫院啊？所以，我急忙阻止她，「蘇華，別喝了。我知道你心情不好，過一段時間就好了。你年輕，人又長得不錯，再找一個就是。」

她朝我擺手，「馮笑，你別裝得像個教授似的。哦，你已經是副教授了啊。我還是你學姐呢，比你還早畢業一年呢，連個副教授都沒評上。你知道我為什麼評不上副教授嗎？那是因為我得罪了秋賢淑！馮笑，你不知道吧？秋賢淑看上去和顏善目的，其實壞得很。死老太婆，一直讓我穿小鞋，你說，我不離開科室行嗎？可我是學婦產科的，還能到哪個科室去？好不容易醫院準備成立不孕不育中心，結果她還不放我走。馮笑，我知道你以前為了這件事情生我的氣，其實我還不是想讓這個中心早點成立，同時也希望你能夠早些離開。

「後來，我知道是泌尿科的董主任要負責那個中心，於是就去找他。外科的醫生你是知道的，特別是那個董主任，我送他錢他不要，他看上了我這個人。明白了吧？我沒辦法啊，只好就把自己給他了。

「我和董主任的事情，肯定是秋賢淑告的密，不然的話，江真仁怎麼會知道的？可恨的江真仁，他在外面胡搞的事情我還沒有找他算賬呢，他竟然要和我離婚！」

她越說越激動，到最後竟然有些歇斯底里起來。她的話說得有些混雜，但我聽得基本上有些明白了，不過，覺得她的話太過駭人聽聞，我認為是她酒後的胡說八道。

怎麼可能呢？秋主任怎麼會無憑無故地整她呢？還有她的男人，在我的印象中，江真仁可是一個老實的男人啊。

「蘇華，有些事情你看開點。」在這種情況下，我只好勸她，但卻發現自己的語言是如此的蒼白。不過，我發現自己現在的心情好多了，因為我發現她比我更慘。

「你不相信我說的話是吧？」她卻繼續地在說道，「你知道秋賢淑為什麼那麼恨我嗎？我告訴你啊，那是因為她去那些小醫院開野刀被我知道了，結果又被我不小心說出去了。本來我很內疚的，但是她後來那麼整我，我反倒不覺得內疚了。馮笑，這下你知道秋賢淑是什麼樣的人了吧？她自己出去找外快，卻不准我們出去。她就是一個自私的小人！我看見她那副嘴臉就噁心。」

我知道她說的開野刀的意思，就是去那些小醫院做手術，從中獲取報酬。有些小醫院為了提升名氣，經常請大醫院裏面技術好的醫生去坐診或者做手術，然後給予請去的醫生高額報酬。不過，蘇華說秋主任也去做那樣的事情，我就有些不大相信了，因為在我的印象中，她好像不應該是那樣的人。

「還有江真仁。」看來她是真的喝醉了，因為她已經激動得不能控制她自己的情緒和話語了，「他以前在外面亂搞，回來竟然傳染了淋病給我。他說他是喝醉了一時糊塗，還在我面前下跪，請求我原諒他。我原諒他了啊！可是現在倒好了，他竟然不能原諒我！馮笑，你們男人是不是都這樣啊？只允許你們自己犯錯誤，但卻不能容忍自己的老婆出軌？」

這下我詫異了，因為我發現她的話竟然還很有條理，這就說明她並沒有完全醉啊？

「蘇華，男人是很講面子的。這樣的事情男人確實不能原諒。」我歎息著說。她是我的學姐，我只好對她說實話，況且，這樣的事情無關緊要，而且，確實是男人內心最真實的想法。

「所以，你們男人很虛偽。」她說，又給她自己倒了一杯酒，然後才來給我倒。

「蘇華，你很愛江真仁是不是？要不我去找他說說。」我發現她很可能是這樣，不然的話，她怎麼會這樣？

她卻搖頭，頭搖得像撥浪鼓似的，「不，我才不喜歡他呢。狗日的！居然不要我了，以前追我的時候，怎麼那麼下賤的樣子？馮笑，你說，你說你們男人最講面子，難道我們女人就不講面子了？我蘇華各方面都不錯是吧？結果連副教授都沒評上，本想換一個科室，明年爭取評上，這下好了，啥都沒有了。嗚嗚！馮笑，我的命怎麼這麼苦啊？」

我沒想到，她說著說著竟然哭了起來，頓時慌亂起來，「蘇華，你別，別哭啊。每個人都會遇到不如意的事情，過去了就好了。沒事，真的，你看我，現在不也這樣嗎？來，我陪你喝酒。」

現在我知道了，與其讓她這樣，還不如把她給灌醉算了。她醉了可能就好了，就會忘記心中的煩惱了。蘇華這個人我很瞭解，她是一個好強的女人，她不甘心失敗。

我比她晚一屆，我都評上了副教授而她沒有，她心裏沒想法才怪呢。而且，我估計她心裏根本就不能接受。

所以，我現在有些感動了，因為在這樣的情況下，她還能夠想到來和我喝酒。我想：也許她和我一樣的孤獨，一樣的在外邊沒有什麼信得過的朋友。

我朝她舉杯，她在看著我笑，「馮笑，你什麼意圖？想把我灌醉，然後占我便宜是不是？」

「蘇華，你真的喝醉了。這樣的事情，我怎麼可能做得出來呢？好啦，別喝了，我送你回家吧。」我哭笑不得，只好溫言勸她說。

「我很醜是吧？」她朝我瞪眼道。

「蘇華，你怎麼會醜呢？好啦，你真的喝醉了。走吧，我也差不多了。」我說，隨即去叫服務員買單。

「馮笑，看來你真的是不行了。你不會像老胡一樣吧？」她瞥著我說。

要是其他女人這樣對我說話的話，我肯定會生氣，而且還是在酒後。但是她，我不會。她是我的學姐，而且我們還是一個科室的，我們經常開此類的玩笑。

「蘇華，我今天心情也不好，所以我不想和你開這樣的玩笑。走吧，你去哪裏？我送你。」

她看著我，頓時歎息起來，「我哪裏還有家啊。現在我住在旅社裏。連賓館都不敢去住，沒錢啊。他以前犯錯我原諒了他，現在他抓住了我的把柄，我什麼都沒有了。你們男人啊，怎麼這麼心狠？」

我聽說過，夫妻之間在離婚的時候，過錯方會少分甚至不能分到共同財產，而且，從蘇華剛才的話裏我感覺到一點，江真仁應該還是很愛蘇華的。愛到極點才會恨到極點啊。可是，他們已經離婚，過錯似乎全是在蘇華這裏，但蘇華好像並沒有認識到自己的錯誤。所以，我覺得他們的婚姻應該是完了。

我心裏不禁歎息：這人啊，變化怎麼這麼快呢？想當初，我，蘇華，莊晴，還有我們的愛人在一起吃飯的時候，誰會想到會有今天呢？當初，我們幾個人在一起吃飯喝酒，其樂融融。宋梅用他特有的智慧給我們每一個人推理，讓我們都感到驚奇不已。那時候，我們沒多少錢，但是幸福感卻很強。可是現在呢？宋梅已經從這個世界消失了，莊晴遠走北京，趙夢蕾身陷囹圄，蘇華與江真仁變愛成仇。而我自己呢？雖然與陳圓結婚，但是內心依然煩悶。

這個世界的變化真是太快了，快得我都一時間無法適應。有時候我就想：自己現在是在做夢嗎？我腦子裏面的這一切，是否真實發生過？

所以，我也不禁歎息，「蘇華，你想過沒有？假如你是江哥的話，會怎麼想？不過，他這樣做確實也太過分了，俗話說一日夫妻百日恩呢，他怎麼如此絕情?!」說到這裏，我猛然想起一件事情來，「蘇華，你再吃點東西，我去去就來。」

「你不會跑了吧？」她問我道。

我哭笑不得，「怎麼會呢？我去結賬。」

結賬當然是我馬上要去辦的其中一件事情，而另外一件事卻是我剛想起來的。

我們消費了兩千多塊錢。主要是兩瓶酒太貴了。

付完了賬，我出了酒店的大門，然後拿出電話開始撥打。

「我還正說給你發簡訊呢。剛剛到。」電話裏面傳來了我非常熟悉的聲音。

「陳圓說來送你，你不同意。我今天確實沒時間，我去看趙夢蕾了。」我說。

「她，她還好吧？」她問道。

「不好。莊晴，我們不說這件事情了。你剛到北京啊？那你準備接下來怎麼辦？今天住什麼地方？北京冷嗎？」我禁不住一連問了她好幾個問題。

「我今天晚上找一家旅社住下再說。我不想去住酒店，我想一開始就鍛煉自己吃苦的能力。北京太冷了，你聽，我的聲音都在哆嗦。」她說，我果然覺得她的聲音有些奇怪。

「今天還是不要去住旅社的好，不安全。」我柔聲地對她說。

「你以為北京是我們江南省啊？這是首都呢。很安全的。」她笑道，「好了，太冷了。我馬上上計程車。馮笑，就這樣了啊。我會經常給你發簡訊的。」她的聲音抖動得更厲害了，我心裏有些疼痛，但是想到自己要問她的那件事，於是急忙地道：「莊晴，你等等，我問你件事。你的房子現在是不是空著的？」

「我租給人家了。對了，你那裏還有鑰匙是吧？沒關係，我已經換鎖了。」她說，「就這樣了啊，我上車了，好冷！」

電話裏面傳來了忙音，我心裏不禁歎息。

「馮笑，原來你是想給我找地方住啊？謝謝你。」忽然，我的身邊出現了蘇華的聲音。

我歉意地對她笑道：「可惜人家租出去了。」

「沒事，我先在旅社住一段時間，再慢慢去租房子。」她說，我發現她有些站立不穩，急忙過去將她扶住。

「旅社很不安全。」我說。

她的身體朝我靠了過來，我頓時感受到了她身體的重量。她真的醉了。

「是啊，我住的那家旅社簡直就是雞窩加情人旅館，晚上隔壁的叫床聲煩死人了。」她說，隨即朝我仰頭笑，「馮笑，想不想去我那裏聽聽音樂，很好聽的。」

我哭笑不得，心裏更加覺得她住那裏不大合適了，「蘇華，你去我家裏住吧。我家裏沒人。」我說的是我和趙夢蕾的那個家。

她看著我笑，「你這話什麼意思？你家裏沒人？意思是說，我們會很方便？這樣也好，現在我和你都是單身了，大家可以互相滿足一下。不過馮笑，我很厲害的，你行嗎？」

我依然苦笑，因為我覺得她真的喝醉了。

「蘇華，你在那家旅社裏面有東西嗎？」我問道。我看她今天晚上這麼醉的狀態，覺得再去那地方住的話，確實很危險，所以，我希望她今天就到我的那個家裏去住下。

「蘇華，我與趙夢蕾的那個家現在沒人住，我也不住在那裏。本來我不想安排你去住那裏的，因為那個地方是趙夢蕾當時買的房子。你喝多了，我的意思你明白吧？反正就是那裏現在沒人住，我覺得你可以去那裏住一段時間。今後你要租房什麼的都可以。明白了嗎？」

她看著我，滿臉的糊塗，忽然笑了，「我不明白。」

我怔了一下，「我和她離婚了，現在重新又結婚了，不再住在那個地方，明白了吧？我告訴過你沒有？我記不得了。」

我真的記不得了，因為我現在頭昏得厲害。

她詫異地看著我，「你又結婚了？女的是哪個？莊晴？不會吧？科室裏很多人說你們關係不正常，我可不相信。你和她，不可能的。對了，她辭職了，難道真的是因為要和你結婚才辭職的？」

「你都說了我和她不可能。」我苦笑道，忽然想起一件事來，「宋梅死的事情你知道嗎？」

「怎麼不知道？科室裏的人都知道呢。馮笑，我發現你最近究竟是怎麼了？好像你不是我們科室的人一樣。」她說，詫異地看著我。我發現現在酒後的她有著與她平常完全不一樣的風韻，她的這種風韻竟然讓我都有些許的動心了。

「我真的不知道。我老婆的事搞得我焦頭爛額的，哪有那些閒心去聽你們的那些議論啊？」我搖頭說。

她「噗哧」一聲地笑了，「馮笑，你可能不知道，科室裏的人都覺得你和她關係不正常呢。這樣的事情當然不會當著你的面說了。對了，你還沒有告訴我呢，你現在的老婆究竟是誰啊？」

「你認識的，我們科室曾經的一個病人。」我低聲地說。

「我知道了。」她即刻說道，「馮笑，你怎麼可以娶她呢？」

我頓時惱怒，「蘇華，這是我的個人生活，你幹嗎管我？」

「據我所知，你喜歡的這個女人曾經是別人的二奶，而且後來當了醫藥公司的醫藥代表，她的工作就是每天陪人喝酒睡覺。這樣的女人，你怎麼能夠當成自己的老婆呢？這個女人確實漂亮，皮膚、身材什麼都很好，但是你知道嗎？這樣的女人你是養不起的。明白嗎？馮笑，你腦子進水了？竟然去找了這樣一個女人當老婆！」她頓時激動起來。

開始的時候我很生氣，但是聽她說到後來，頓時就覺得不大對勁了：她說的哪是陳圓啊？明明是余敏嘛。

「蘇華，不是她，是另外一個。我病床上曾經……」我急忙地道。

「啊，原來是她啊，那還差不多。」她頓時恍然大悟的樣子，「馮笑，這個女孩倒是適合你，不過，你今後會很累的。」

我頓時怔住了：這已經是第三個人告訴我這件事情了。

不過，今天我不想和她說這些事，因為我已經沒有精力去思考這個問題了。我也喝得差不多了。

「學姐，我覺得從安全的角度，還有長遠的角度，你應該暫時住我那裏，哦，不，我以前的家裏，怎麼樣？」

「好。」她說，隨即朝我嫣然一笑，「馮笑，我就知道你會幫助我的。可惜我蘇華那麼好強，到頭來就只有你這樣一個朋友了。」

「你在那家旅社裏，有東西沒有？」我問道，心裏暖呼呼的，被人當成朋友的感覺真的很好。

「有些化妝品，還有……嘻嘻！還有點押金。不多。馮笑，不准你笑話我！我現在沒多少錢了，我很在乎。」她說，很不好意思的樣子。

我發現她好像酒已經醒了不少，心裏暗喜。不過，我心裏依然奇怪，「蘇華，你平常的工資和獎金呢？還有藥品回扣，難道你全部給他了？」

「我平常大大咧咧的，他不准我身上放很多的錢。家裏的錢都是他在保管。最近因為我有事情，所以才從他手裏拿了一萬塊錢出來。就這一萬，還花掉了一大半。」她說。

我不禁默然。

一會兒之後，我對她說道：「走吧，我們去拿你的東西。不過，我那個家可能有些髒。因為很久沒住人了。明天你得自己做清潔。」

「你平常回去嗎？」她問。

我搖頭，「我一般不回去。在那個地方，我心裏難受。」

「哎！」她歎息，隨即過來挽住了我的胳膊，「馮笑，你說這是為什麼？我們怎麼都這麼命苦啊？」

我對她的這個動作並沒有什麼反應，「蘇華，我現在真的相信一句話了，一個人來到這個世界真的不容易，每個人都會有自己的劫難，度過去就好了。」

「你說起來這麼容易！」她「哼」了一聲。

我帶著她去到馬路邊，然後招手叫車。現在是晚上，空車很多，而且像這種吃飯的地方就特別的多——計程車司機很明白。所以，當我招手的時候，即刻就有了一輛車來到我們的面前。

我去打開了副駕駛的車門，「蘇華，你坐前面，給我們帶路。」

她看了我一眼，朝我又是嫣然一笑，隨即坐了上去。但是，我發現她的動作有些不協調——上身進去了，屁股和腳卻在外邊。

我急忙去扶住她，等她身體都坐上車後，才替她關上了車門。

「去哪裏？」計程車司機問道。

蘇華說了一個地方，我禁不住苦笑：她說的地方就在我們醫院外邊不遠處，我以前住的那個社區的外邊。

她從前面側轉了身，「馮笑，你是不是覺得我今天喝醉了？」

我急忙地道：「沒有，我還第一次知道你酒量這麼大呢。你沒醉，我倒是差不多了。」

「哈哈！我看你也差不多了，剛才你走路的時候腳都站不穩了。」她大笑。

「是啊。」我說。

其實我現在清醒多了。我發現自己一旦在有了某種任務後，就很快會恢復清醒。不過，我的身體有些不大受自己大腦的指揮了，比如，我剛才在上車的時候，就把車門關得很重，那完全不是我想要使的力量，為此，計程車司機還對我很不滿，「輕點，你以為我這是越野車啊？」

蘇華已經轉過了身去，她頹然地將她的身體放在了座位上面。雖然我坐在後邊，但是她全身無力的狀態被我看得很清楚。

我卻不敢閉眼，因為我今天晚上要安全地把蘇華送到我的家，而且在此之前，我還要和她一起去那家旅館。

幸好是晚上，而且距離並不是那麼的遠。十多分鐘後，我就到了我們醫院的那條街道。

車停下後我付錢，卻發現坐在副駕駛位置上面的蘇華沒有任何的反應。

司機去看了她一眼，然後朝我笑道：「睡著了。」

我苦笑，隨即下車去打開了前面的車門。

果然，她睡著了。

「蘇華，到了，快醒醒。」我去搖晃她的身體。

她醒了，伸出雙臂來抱住了我的頸項，軟綿綿地說道：「老公，背我……」

我在心裏歎息，隨即去將她抱下了車。讓我想不到的是，她竟然在下車的這一刻醒轉了過來，「咦？到了？」

我將計程車的車門關上，發現司機在朝我搖頭而笑。

我也笑，不過是苦笑，「喝多了。」

「誰喝多了？」蘇華問道。

計程車司機大笑，轟鳴著油門將車開走了。

我急忙地道：「我，我喝多了。行了吧？」

她掙脫了我，隨即站在地上搖晃著，對我大笑道：「馮笑，我說嘛，你喝不過我的。」

我急忙過去將她扶住，「你說的那家旅社在什麼地方？」

「就前面。」她說，隨即拉著我朝前面走去。

我苦笑，好像現在酒醉的是我似的。

她拉著我快速地朝前面跑，但是我們的手卻滑脫了，她依然在跑，我只好朝她追了上去。她跑得很快，我追起來很吃力，因為我發現自己的身體不大聽從大腦的使喚了。我在她後面跑著，腳步踉蹌。

原來，她住的旅館就在我從前的家的後面。一個很俗氣的店名，「悅來旅社」。

這裏燈光昏暗，旅社的標牌極不顯眼，周圍都是小食店和小賣部，現在都關門打烊了，唯有這家旅社的招牌燈箱亮著，看上去給人一種淒淒慘慘的感覺。

她朝裏面走去，她的手在我的胳膊裏。忽然，不遠處響起了一陣嘈雜的聲音，我聽出來了，是幾個人酒醉後說話的聲音。很多人在酒醉後不知道自己的聲音有多大，但卻總是在極力發洩著自己說話的欲望。那幾個人就是這樣，聲音不但大，而且還雜亂無章。

「快進去。」蘇華對我說。

我明顯聽出了她聲音裏的害怕。

進入到旅社，一位中年婦女即刻迎了過來，「住宿嗎?單人間還是標間?」

「她住在這裏的，退房。」我說。

中年婦女很失望的樣子，「哦，哪個房間?」

「一會兒出來退，我去拿東西。」蘇華急忙地道。

我跟著她上到三樓，沒有電梯，我有些氣喘。

蘇華看著我笑，「你好虛啊。肯定是晚上事情做多了。」

「喝酒喝多了。」我急忙地道，這種解釋完全是一種情不自禁。

她朝我怪怪地笑了笑，朝樓道的裏面走去。

她打開了門，開燈，我跟著進去。

「關門。」她對我說道。

我愕然，「幹嗎?」

「噓!」她給我做了個手勢，隨即朝我笑。

我頓時明白了，因為我已經聽見隔壁房間裏傳過來的女人叫床聲，禁不住差點笑出了聲來，「蘇華，你怎麼住這樣的地方？」我低聲地問道。

「你坐會兒，我收拾一下。」她說。我發現她身體搖晃得厲害，但是卻不好在這樣的環境下去扶她。於是，我坐到了床上。

她住的是一個單人間。

她在收拾著東西，我卻開始心旌搖曳起來——隔壁房間裏那個女人的呻吟聲太過激烈，完全是一種肆無忌憚。我可以從她的聲音裏聽出她身上那個男人的動作和節奏，應該是那個男人的每一次撞擊造就了那個女人的嘶嚎。

「怎麼樣？好聽嗎？」我正心旌搖曳的時候，忽然聽到蘇華在問我，我朝她看去，發現她的眼神正熾烈地在看著我。

「走吧，收拾好沒有？」我慌忙地問道。

我們一起出了房間，一起去到服務台退房。

「兩百。」服務台處那位胖胖的中年婦女說。

像這樣的小旅館，老闆往往是兼著服務員，我一看就知道了。

蘇華嚇了一跳的樣子，「我還有一百塊的押金呢。」

「你們沒做那事嗎？我給你們提供場地，還在這裏替你們放哨。你們不給錢怎麼行？」那個女人道。

「你！」蘇華氣急敗壞。

我頓時明白這小旅館是如何掙錢的了，但卻不想為了區區兩百塊錢惹事，急忙拿出錢來遞給了那個女人，隨即拉了蘇華一下，「走吧。」

轉過一道彎就到了我所住的社區裏。我和她一起進到電梯。她忽然大笑了起來，笑得蹲在了地上。

我有些駭然，「蘇華，你幹什麼啊？」

她笑得聲嘶力竭，「馮，馮笑，兩百塊呢。是我是小姐，還是你是鴨子？」

我哭笑不得。

現在我發現，她今天還真的有些醉了，同時也明白了，她和我這樣做的原因，也許並不僅僅是像她自己所說的那樣，為了道歉和感激，更多的應該是為了發洩。她今天的心情極度糟糕，所以想喝酒，所以想發洩，況且，她的這種發洩，何嘗不是一種自暴自棄？我頓時覺得，她這樣下去會很危險。

我開門，打開燈。她進了屋後就直接到了洗漱間，隨即我聽到她在裏面叫，「馮笑，給我拿一套睡衣睡褲來。」

我去到臥室裏，在趙夢蕾放衣服的地方找到了一套睡衣褲，然後去到洗漱間處，敲門。

「進來。」裏面的她在說。

我暗自苦笑，隨即將門推開……裏面霧氣籠罩，熱水器的噴頭在噴灑著熱水，她，竟然已經全身完全地赤裸了。我發現，她的胸部竟然是如此的豐滿與傲立……

我把睡衣遞給她。

「你進來。」她說，「幫我搓背。」

「不了，我馬上得回家，我替你掛在門後吧。」我說，我心裏忐忑，因為我擔心被她誘惑。

我進去了，背對著她，在門後替她把衣服掛上。

猛然地，我感覺她來到我的身後，我僵在了那裏。

「馮笑……」身後傳來了她的聲音，「馮笑，你轉過身來。」

她的聲音如同魔咒一般，讓我不得不轉身……

晚上我沒有回家。

第二天醒來的時候，我發現蘇華已經不在了，被窩裏還留存著她的餘溫，以及她特有的香水氣味。我再一次有了種恍然若夢的感覺。曾經我想過很多種可能，包括與某位病人發生關係，但是卻萬萬沒有想到，有一天會與蘇華那樣。

蘇華，我的學姐，這怎麼可能呢？

但是，一切都已經發生了。

我歎息著起床。在我的心裏，絲毫沒有發生關係後的那種欣快感覺。昨天晚上，我的肉體得到了極大的滿足，但是一覺醒來，剩下的卻唯有後悔。

我現在很後悔，因為我發現自己依然不能控制自己肉體的那種欲望。昨天晚上，在蘇華的誘惑下，我再一次地沉淪了。

為什麼理智總是會在晚一些時候才能夠來到？

在樓下，我隨便吃了點早餐，然後去到了醫院。

在路上的時候，我給陳圓打了個電話，不知是為什麼，我竟然對她沒有內疚的情緒。我想，也許是自己以前一直生活混亂，而且已經形成了習慣的緣故吧？或者是她從來不怪罪我的緣故？

有時候我就想，男人就好像是小孩子一樣，如果沒有人嚴加管束，一定會隨心所欲，一定會放蕩不羈。

現在，我正在朝醫院走去，而我的內心卻開始忐忑起來。

我害怕一會兒遇見蘇華。

我在想，昨天晚上我們那樣了，今天要是見面，會非常尷尬的。

不過，我只能硬著頭皮去到醫院。

到科室的時間還比較早，進到醫生辦公室的第一眼就看見了蘇華，她正孤零零地坐在她的辦公桌處發呆。

我差點退出去，但卻被她的笑容拉住了。

她發現了我，抬起頭來看著我笑。

不過，她的笑很尷尬，而且還有些悽楚。

我不得不說話了，「吃早飯沒有？」

她搖頭，「昨天酒喝多了，胃不舒服。」

「你不吃早飯怎麼行？」我責怪道，心裏頓時放心了許多，因為我們都在迴避昨天晚上喝酒之後的事情，「我去食堂給你打點稀飯。」

「不。我的胃很難受。」她搖頭道。

「那我去給你買一瓶優酪乳。優酪乳養胃最好了。」於是我又說道。

「馮笑……」她忽然叫了我一聲，「江真仁怎麼沒你這麼好啊？」

我心裏頓時酸了一下，「學姐，你別再去想那件事情了。過去的事情再想就毫無意義啦。」猛然地，我想起一件事情來，「學姐，你現在是不是很需要錢？」

「是啊，你願意借給我？」她問道。

「你要多少？」我問她。

「十萬到二十萬吧。你有那麼多嗎？」她問。

我嚇了一跳，不是因為我覺得數額巨大，而是我不知道她幹嗎要這麼多，「你想拿去做什麼？」

她歎息，「我現在出了這樣的事情，已經沒有臉面在醫院待下去了。所以，我想自己出去，開一個診所。」

我更驚訝了，「自己開診所？執照不好辦吧？而且，萬一要是出醫療事故了怎麼辦？」

「自己開婦科門診，又不會做大的手術，會出什麼醫療事故？執照的事情已經有眉目了，董主任幫我辦的。」她回答說。

我心裏很不是滋味：那個董主任也太過分了吧？出了事情後，竟然支使她離開醫院，這樣的男人太不負責了。

「好吧，我中午回去拿來給你。不過學姐，我覺得你還是要慎重考慮一下，自己出去幹，畢竟還是很有風險的。醫院裏那麼多人離婚，人家怎麼都沒離開？」

「你以為我自己願意啊?我學的是這個專業，而且好不容易留在了這所醫院。哎!現在我還能有什麼辦法呢?啥都沒有了，還被別人看冷眼。」她歎息。

「哎!你自己再想想吧。我去給你買優酪乳。」我也歎息。

這次她沒有阻止我。

在去往醫院小賣部的路上，我心裏忽然難受起來。我也是學醫的，知道離開這所醫院會是一種什麼樣的滋味。

蘇華畢竟不是莊晴。莊晴是護士，護士的工作辛苦不說，而且待遇還很低。

回到辦公室後，我發現其他醫生都到了，但卻沒有發現蘇華的蹤影。她真的離開了?這麼著急?我心裏想道。隨即又想道:可能她確實離開了，因為她害怕見到科室的同事。

正在感慨，忽然接到院辦的電話，「馮醫生，章院長請你去他辦公室一趟。」

章院長?什麼事情?我一愣，急忙就往醫院的行政樓跑去。

剛到行政樓門口，就碰上了蘇華，「學姐，我把優酪乳放在你辦公桌上了。」

今天，我一直叫她學姐，我的內心是想拉開與她的距離。

「謝謝。馮笑，那錢暫時不要了。」她對我說。

我詫異地看著她，「怎麼？醫院不同意你辭職？」

她點頭，臉上帶有一絲笑意，「醫院的領導說了，不育中心需要我。」

我很是替她感到高興，「太好了，學姐，不過你最近得花錢吧？我給你點？一會兒我就去取。」

她看著我，眼神怪怪的，「馮笑，昨天的事情你後悔了？想用錢來補償我是不是？你把我看成什麼樣的人了？」

我慌忙地道：「不是啊，你不是說你身上沒多少錢了嗎？我擔心你最近手上不方便啊。」

她頓時笑了起來，「你忘了？今天就發工資了，藥品回扣也會在最近幾天發下來。」

「哦，那好吧。」我說，忽然也想起來了。

她看著我笑，「不過，我還是得謝謝你。放心，我不會在你那裏住多久的。」

「沒事，你住吧。趙夢蕾，她的事情一時半會不會有結果的，還可能坐上幾年的牢，反正我現在也不回去住了，你住在那裏就是。」我說。

她朝我伸出手來。「幹嗎？」我沒明白。

「鑰匙啊。」她說。

「哦，對，對！」我急忙把鑰匙從我的鑰匙扣上弄下來，遞給了她。

「就這一把？萬一你有急事要回去的話，怎麼辦？」她問我。

「我可以給你打電話的。」我說。

她媚了我一眼，「馮笑，你真傻。」

我一怔，卻發現她已經離開了，我滿頭霧水地朝樓上走去。

第八章

無力償還的感情債

我已經背負不少感情債，根本就無力償還。
我和她都是學醫的，也都是成年人，
昨晚發生的一切，應該都可以輕鬆地忘掉。
醫生這職業的人，可能與其他職業的人不同，
我們會把肉體的東西看得不是那麼的重。
正因如此，我們才會更重視情感上的東西，也更渴求。

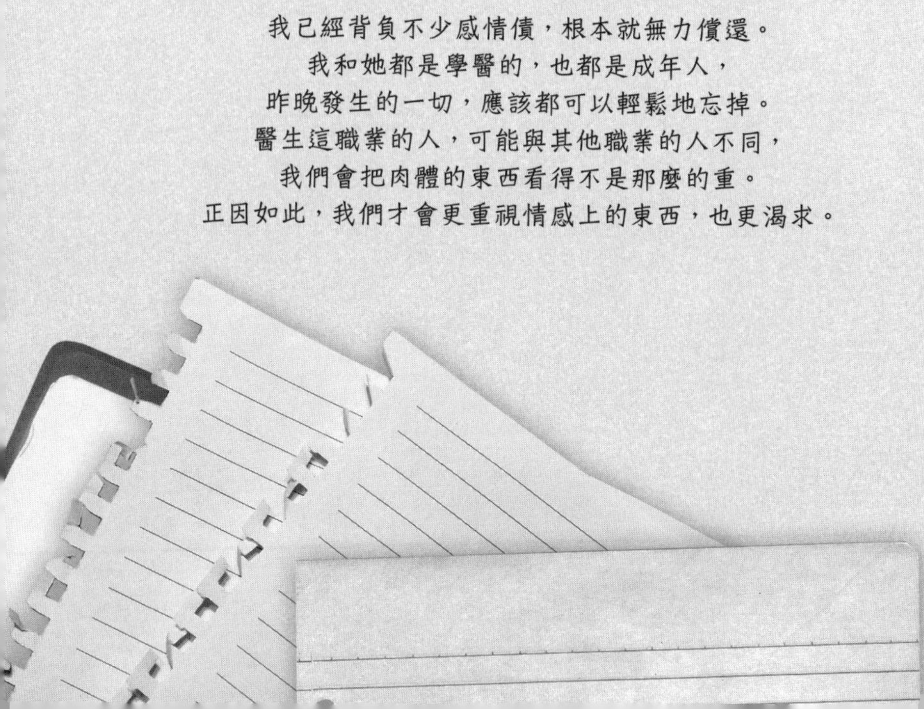

章院長對我依然很客氣，我進去後，他請我坐下並親自給我倒水。

我頓時受寵若驚，接過杯子的時候，我的手竟然在顫抖。我很是憤怒自己的這種狀態。

「別緊張嘛。」章院長看出了我的狀態，微笑著對我說道。

「是。」我說，心裏依然忐忑。

「今天找你來，是想問你兩件事情。」他微笑著對我說道。

「您講。」我急忙地道。

「秋主任過兩年就要退休了，婦產科需要接班人，所以，醫院想讓你提前鍛煉一下，讓你先當科室的副主任，這樣一來，也好讓她先帶帶你。不知道你對此有什麼意見沒有？」他笑瞇瞇地看著我問道。

我大吃一驚，「章院長，我才畢業多久啊？我們科室裏面年資高的醫生那麼多。我不合適。」

他朝我擺手道：「這不是什麼問題。你雖然年輕，工作的時間也不長，而且還是剛剛提副教授。但是你有優勢啊，第一恰恰是因為你年輕，年輕人思想活躍，開拓性強。第二呢，你對待病人很不錯，醫德和醫療技術都很好。第三，你是我們婦產科目前唯一的男性，這有利於你今後的工作開展。據我所知，你在我們婦產科裏面，還是很有人緣的嘛。」

「章院長，我覺得自己還是年資低了些。蘇華比我高一屆，她……」我說。他卻即刻打斷了我的話，「她馬上就要到不育不孕中心去上班了。剛才她來找過我，說要辭職。我沒有同意。她雖然比你高一屆，但是病人曾經多次對她有過意見，而且，她在科室裏面的關係也處理得不是那麼的好。況且，職稱評定，她也沒有過關。我們是三甲醫院，教學醫院，科室的副主任，至少得是副教授吧？馮醫生，這件事情就不要說了，醫院已經基本上決定了。今天找你談話也只是一個例行性的程序。好了，下面我問你一件事情。」

我心裏莫名地激動了起來，副主任？我居然當官了？不過我還不至於激動到忘形的地步，急忙地道：「您問吧。」

可是，他接下來的話卻讓我大吃了一驚，「馮醫生，請你告訴我，你和莊晴究竟是什麼關係？」

「我，我和她，她，好朋友啊。」我頓時結巴起來，因為他的這個問題讓我始料未及，而且讓我的心裏頓時慌亂了起來。

「她是我的侄女，可是我一直沒有照顧好她。一直到她辭職的時候我才知道了她的一切。哎！馮醫生，你能告訴我嗎？她現在到什麼地方去了？在幹什麼？宋梅的死，究竟是怎麼一回事？」他繼續地問道。

「章院長，難道你真的什麼都不知道？」我問道。現在，我已經反應過來了，而且我從他的話裏感覺到了一點：他似乎並不知道我與莊晴真正的關係。

他歎息，「你們現在這些年輕人啊，什麼都不願意告訴我們，你們整天在想什麼？我們這一代的人根本都不知道。莊晴也是這樣。她結婚我不知道，離婚的事情就更沒有告訴我了。後來，我是聽說宋梅打架死了，才知道一切的。那天她來找我說要辭職，扔下一句話就跑了。哎！辭職我不反對，問題是，她現在究竟在幹什麼啊？後來我問了你們科室的人，她們說莊晴和你關係不錯。馮醫生，你告訴我她現在的情況好嗎？事情都到這樣的地步了，我今後怎麼向她的父母交代啊？」

「章院長，她去北京了。難道你沒給她打電話嗎？」我問道。

「她把我的號碼設置成黑名單了。我用座機給她打過，結果接通後，她一聽見我的聲音就馬上掛斷了。」他苦笑。

「這樣啊，估計是她不想讓您擔心吧。」我說，隨即把莊晴的情況都告訴了他。不過，我沒有說是因為我發現她小腿漂亮的事情，只是說，她一位朋友介紹去那家模特兒公司。

「胡鬧！這不是胡鬧嗎？她哪裏是模特兒的料？這孩子！」想不到他竟然即刻

激動了起來，「現在好了，工作沒有了，今後萬一在北京混不下去怎麼辦？」

「章院長。」我急忙勸他道，「她身上應該有錢的，畢竟她工作這麼些年了。宋梅以前也是做生意的。實在不行的話，今後您再給她安排個工作就是。反正她有護士從業證。」

他點頭，「那倒是。我生氣的是，她太自作主張了。好啦，馮醫生，謝謝你了。關於你任婦產科副主任的事情，最近就要宣佈了，秋主任那裏我也馬上去和她談。你好好幹吧，我們信任你。」

我感激萬分，急忙站起來向他告辭。

出去後，正好碰上王鑫。我發現他臉上一道道的都是血痕，很明顯，那是被女人抓的。這世界上，除了貓，就只有女人才可以在男人臉上留下這樣的痕跡了。

我不禁駭然與好笑，「王處長，怎麼啦？帶傷堅持工作啊？」

他歎息著搖頭，「別說了。哎！這老婆啊，脾氣太壞了可真麻煩。」

我不好再說什麼，只好安慰他道：「女人嘛，好好哄哄就行了，別和她們較真。其實，真正動起手來，女人哪是我們男人的對手？關鍵的是，我們男人不忍心下手。女人就是摸準了我們這個特點才那樣做呢。今後忍忍吧，好言相勸，或者及時承認錯誤。」

他朝我豎起了大拇指，「馮笑，經典啊。什麼時候我請你喝酒，你得好好傳授我這方面的經驗才是。」

我瞪了他一眼，「什麼話呢？好像我是這方面專家似的。你傢伙，說了多少次請我喝酒了？到現在一次都沒請過。」

「最近太忙。」他訕訕地道，隨即朝章院長的辦公室指了指，「我去彙報一下工作。」

我點頭，隨即離開。

現在，我知道了一點：我當科室副主任的事情，他應該還不知道，不然的話，他肯定要我請他喝酒了。這傢伙，到現在都還那麼財迷！

我苦笑著搖頭離開。

不過，我心裏覺得很慶幸：要是當時我答應了那個叫小慧的女孩的話，現在他臉上的那一道道抓痕，說不一定就是我的了。當然，這也是不可能的，因為我當初看到她第一眼之後，就逃跑了。

回到科室後，我看見蘇華正在喝我給她買的優酪乳。我看得出來，她現在心情好多了。而我卻在想：要是她知道我當上科室副主任的事情後，會怎麼想呢？她的心裏會平衡嗎？

中午下班的時候，蘇華過來問我：「一起去吃飯吧。」

我有些猶豫，她卻即刻說了一句話來，「馮笑，陪陪我吧，我不敢一個人去食堂。很多人都知道我的事情了。」

我頓時明白了她的顧慮，也同情起她來，「我們還是去外邊吃飯吧。你想吃什麼？」

她卻在搖頭，「不，我總得去面對的。只是，最近一段時間，我害怕單獨去面對那些人。」

我很佩服她，我想，假如是我處在這樣的情況下，肯定沒有她這樣的勇氣。

「走吧，我陪你去。」我對她說。

她看著我，「馮笑，還是你對我好。」

我現在最怕她這樣，急忙朝辦公室外面走去。

醫生食堂裏面人很多。

現在正是吃飯的時候，我走在前面，然後去找了一處座位，隨即對她說道：

「你在這裏坐著吧，我去給你打飯菜。你喜歡吃什麼？」

她點頭，「清淡點就行。」

我估計她還在胃疼，心裏在想，要是中午飯堂裏面有稀飯就好了。可現在是冬季，中午一般不會有稀飯賣的。去到賣飯菜的地方，發現有青菜羹，心裏大喜。買好了飯菜後回到那處座位，「米湯煮的菜羹，你喝點。這是飯，還有魚香肉絲，這個土豆泥也不錯。」

她看著我，很感動的樣子，「馮笑，你不能為了我都打這樣的飯菜啊？你自己喜歡吃的菜也打點啊。」

「我也喜歡吃的。」我笑著說。

「你騙我！我知道你不大喜歡吃甜食的。這魚香肉絲就是甜的。」她嗔怪地道。

我笑了笑，沒有再說什麼。

這時候，我忽然聽到一個聲音，「你們都在啊？」急忙轉身去看，原來是王鑫。

我急忙讓座，「王處長，你難得和我們群眾打成一片呢。」

「我不坐，只是過來打個招呼。你們慢慢談。」他笑著說。

我頓時覺得他的話裏另有意思，「我們學姐弟天天在一起，沒什麼的。王處長，請坐吧。」

「真的不坐了。馮笑，晚上有空嗎？你不是說了幾次讓我請你喝酒嗎？就今天晚上吧，怎麼樣？」他說。

以前我本來就是說著玩的，想不到他竟然當真了，「以後吧，我今天還有事呢。而且，你現在這樣子，呵呵！你還是回去養傷吧。」

「我有事情給你談，晚上一定要來哦。」他說。

「這樣啊，那好吧。」我這才知道，他並不是單純要請我喝酒，於是，也就不好拒絕了。

「下午我告訴你地方。」他說，隨即離開。

「我不喜歡這個人，一副小人得志的模樣。」蘇華說。

「我和他以前都住在單身宿舍，說起來算是朋友吧。」我解釋道，心裏卻在想，你現在自己都這樣了，還是不要去看不慣別人吧。

蘇華吃了一點點東西就不吃了，她說她胃疼得厲害。

「你給自己開點藥吧，不吃藥看來是不行了。」我說。

她歎息著點頭。

這時候我電話響了，是童瑤打來的，「正在吃飯是吧？我表弟中午來找你，你有空嗎？呵呵！上班的時候擔心影響你的工作。」

我當然不會拒絕，畢竟她才幫了我那麼大一個忙，「這樣吧，你讓他一會兒到醫院對面的那家茶樓來，你知道那個地方的。十分鐘後吧。」

她在電話裏笑，「我們已經到你們醫院外邊了。行，我們在茶樓外邊等你。」

童瑤的表弟一看就是那種剛剛畢業的樣子，模樣稚氣，看見我的時候，竟然還紅了紅臉。

「我表弟，童陽西，西安交大管理專業畢業。現在的大學生太多了，西安交大的畢業生在以前找工作應該很容易的，現在可就難了。馮笑，麻煩你了。」

我頓時一愣，童陽西？什麼名字啊？不就是童養媳嗎？他的父母難道沒文化？我強忍住笑，「簡歷呢？」

童陽西急忙拿出一本求職申請遞給了我。

我熟悉這樣的東西。近年來很多大學應屆畢業生都自己製作了這樣的求職申請，裏面有畢業生的表現、成績、老師的評語等。

我翻開去看，頓時瞠目，同時也明白他找不到工作的原因了，因為我發現，他的成績單上面竟然有好多科目都不及格！

「這……」我看著成績單說道，「小童，你在學校這幾年都幹什麼去了？怎麼成績這麼差啊？」

「我……」童陽西的臉又紅了。

「他呀，讀書這幾年天天打遊戲。馮醫生，對不起啊，我事先沒告訴你他的這個情況。不過這件事情一定請你幫幫忙。林老闆那裏是私人企業，應該沒問題的。是吧？」童瑤急忙地道。

「問題倒是不應該有。」我說，「不過，要讓他安排得好一些的話，可能會有些麻煩。」

「為什麼？」童瑤問道。

「我覺得小童好像膽小了一些，管理人員應該外向性格才好。」我說。

「我膽子不小的。」童陽西低聲地道。

「哈哈！」童瑤大笑，「他可是無法無天的，連他父母的話都不怎麼聽呢。你是發現他看你的時候臉紅了是吧？嘻嘻！因為我告訴他，你是婦產科醫生。他覺得有些奇怪罷了。」

「姐！」童陽西有些氣急敗壞。

我哭笑不得，「這樣吧，我問了林老闆再說。行不行？」

「你還是叫他林老闆？」童瑤詫異地問我道。

我苦笑，「我和他以前就是朋友了，他從前叫我馮老弟，我叫他林大哥，現在忽然變成了這種關係，我一時間實在改不了口。」

童瑤再次大笑起來，笑得全身亂顫。

我看了看時間，「童警官，就這樣吧。我想，他工作的事情應該沒什麼問題，不過待遇、職位什麼的，我可不敢保證。」

「嗯，你儘量吧，謝謝你。陽西，你先出去，我和馮醫生單獨說幾句話。」童瑤止住了笑，隨即對她表弟說道。

童陽西出去了。

「童警官，說吧，什麼事情？」

「這個，你拿著。」她隨即從她包裹取出三疊錢來放在了桌上。

我很是詫異，「你這是幹什麼？」

「你幫了我這個忙，我得感謝你才是。」她說。

我頓時生氣了，「我們是朋友呢，你怎麼這樣幹？童警官，你這樣做很過分的。」

她看著我，「你不也送了我東西嗎？」

「我送你東西，是因為那些東西對我沒用。這錢難道對你也沒用嗎？」我說，「你收回去吧，不然的話，我就不幫你這個忙了。」

「這不是我的錢，是我表弟家裏的意思。馮醫生，你就收下吧，不然他們會過意不去的。」她堅持地說。

我搖頭，「我不認識小童的家人，我只認識你。我幫忙也是因為你。」

「好吧，馮醫生，太感謝你了。這件事情是我沒做好，讓你生氣了。呵呵！馮醫生，那從現在開始，我們需要幫忙的時候都不要送東西了，好吧？」她將錢放回到了她的包裏。

我頓時笑了起來，「這就對了嘛。」

她卻瞪了我一眼，「還不是你先這樣做的。」

出了茶樓，與童瑤分手後，我即刻給林易打了電話。我把童瑤的事告訴了他。

「請你務必幫我這個忙，你那麼大的公司，安排一個人應該沒問題吧？昨天我去看了趙夢蕾，全靠她幫忙呢。」我隨即說道。

「西安交大的畢業生？怎麼可能找不到工作呢？」他問道。

「他成績特別差，我剛才看了，他好多課程不及格，據說是上大學期間經常打遊戲。」我說。

「這樣啊。」他大笑，「現在的員警真是的，有點權力都要用夠。行，誰叫是你打的招呼呢？這樣吧，你讓這個人直接去找上官琴。她會安排的。」

「最好能夠給他安排一個好點的職位，這涉及我的面子問題。」我硬著頭皮對他又說了一句。

他忽然大笑，「怎麼？那個漂亮女員警把你迷住了？」

我哭笑不得，「喂！你現在可是我老丈人了，有你這麼說話的嗎？」

「你竟然還知道我是你老丈人啊？哈哈！好，我答應你。馮笑，你什麼時候叫我聲『爸』呢？」他在電話裏「呵呵」地笑。

我心裏頓時彆扭起來，「你以前叫我老弟，我叫你大哥，這一下子可改不過來。而且，我們曾經還去你夜總會玩過……」

「打住啊，過去的事情就不要說了，你還是叫我林老闆吧。」他說，隨即又笑了，「這樣吧，你讓他直接來找我。」

我心裏鬆了一口氣，不過，想到剛才與他說的那些話，頓時也覺得好笑起來。

我隨即給童瑤打電話，「林老闆讓你表弟去見他。」

「林老闆親自見他？」童瑤詫異地問。

「本來最開始他說讓他的助手上官琴安排的，但是我告訴他，一定要安排一個好點的位置。於是他就說，要親自見他了。」我得意地道。

「太謝謝了。」她說。

「不過，林老闆親自面試，若是他看不上的話，我就沒辦法了啊。」我補充了一句。

「那是，實在不行，就先幹一般的工作吧。」她笑著說。

下午臨近下班前，王鑫給我打來了電話。他告訴了我吃飯的地方。又是濱江路那處酒樓。他一說到那個地方，我腦子裏立刻浮現起章院長那天的情景來，他胳膊上挽著的那個美女。

「我先去了，你下班後就過來吧。」他最後說。

我連聲答應，忽然聽到辦公室門口處有人在叫我。

我側身去看，竟然是余敏。

我朝她點頭，「有事嗎？」

她即刻進來了，「馮醫生……」

她楚楚動人的樣子讓我有些心軟，即刻請她坐下，「說吧，什麼事情？」

「我心裏煩，想來和你說說話。馮醫生，我們以前也算是好朋友了是吧？」她說。

「可是，今天不是我夜班啊？我馬上就要下班了。對了，你傷口怎麼樣了？」我問道。

「傷口倒是好得很，不過我心裏太煩了。」她黯然地道，「馮醫生，你說，我的命怎麼這麼苦啊？」

「聽說你在一家醫藥公司上班？怎麼樣？還不錯吧？」我不想和她談論她命是不是苦的問題。

「反正就那樣。」她說。

「這樣吧，我後天晚上的夜班，到時候再說吧。我今天晚上有點事情，得馬上離開。」我歉意地對她道。

「好吧。」她說，隨即起身轉身離開，可是走了幾步後卻又轉過了身來，「馮醫生，你是不是去喝酒？我可以去嗎？」

我搖頭，「不行。你現在是住院病人，不能喝酒，也不應該離開病房的。」

「哎！」她歎息了一聲後再次轉身離去。

我看著她的背影，心裏忽然升起了一種憐惜之情，在心裏暗暗歎息。

想不到，晚上王鑫竟然叫了兩個美女來。經他介紹我才知道，她們原來都是一家醫藥公司的醫藥代表。

「馮笑，聽說你馬上要當婦產科的副主任了，今後這兩位小妹妹的事情，你可要多照顧啊。」王鑫說。

我看著他臉上滿是抓痕，心裏不禁覺得好笑，同時，我也很佩服他，因為他竟然可以在這樣的情況下，把美女叫出來喝酒。

「王處長都吩咐了，我還說什麼呢？」我笑著說，「不過，我現在還不是什麼副主任啊，醫院的事情很難說的。」

「現在你們婦產科，除了醫院領導的關係之外，都是秋主任的關係了，其他的醫藥公司根本就進去不了。馮笑，今後你可得改變一下這個格局哦。你們婦產科的用藥那麼廣泛，除了專科用藥之外，抗菌素的用量也不小啊。抗菌素的利潤你是知道的，今後你得想辦法幫幫她們才是。」王鑫說，一副處長的模樣。

「到時候再說吧。我們婦產科的情況你是知道的，秋主任是老主任了，我可能不大方便吧？」我說。

他淡淡地笑，「秋主任很識時務的。來，你們兩個，今天晚上可得多敬馮主任幾杯酒才是。不然的話，他對你們沒什麼印象。」

說實話，今天晚上我完全是看在王鑫的面子上才來的，所以，兩位醫藥代表的酒我不得不喝。結果，一開始喝就收不住了，很快就喝完了一瓶白酒。

王鑫隨即轉身吩咐服務員開第二瓶，「你，你怎麼來了？」

我急忙看去，駭然發現，不知道在什麼時候，那個叫「小慧」的女人進來了，就是王鑫的老婆。我看見，王鑫的臉都嚇白了。

小慧狠狠地盯著王鑫，隨即將目光從我們三個人的臉上掃過。我感覺到她在看我的時候，嘴角露出了一絲譏笑。

「王鑫，你日子過得蠻愉快的嘛。嗯，很不錯，還有美女相伴。兩個男人，兩個女人，正好相配。」小慧冷冷地對她男人說道。

「小慧，你別誤會。今天晚上是馮笑約我出來談點事情的。她們都是馮笑帶來的，我也是剛剛認識。」王鑫說，同時悄悄地給我使眼色，一副哀求我的樣子。

我想不到他竟然會這樣說話，心裏不禁生氣。但是看到他那副模樣，還有他老婆氣勢洶洶的樣子，只好硬著頭皮把這件事情承擔下來。

「是這樣的。你好，還沒吃飯是吧？來，快來坐。」於是，我熱情地去邀請她道。

可是她卻根本就沒有理我，仍然在冷冷地對王鑫說道：「王鑫，你交的就是這樣的朋友？難怪你會變壞呢。醫院那麼多人你不去交，偏偏和一個婦產科裏面的流氓在一起。」

我頓時大怒，「你說誰是流氓?!」

王鑫大驚，急忙朝我作揖道：「馮笑，你別生氣，別和她一般計較。」他的話剛剛落下，只見小慧忽然揚起手來，「啪」地一下打在了王鑫的臉上，「你說什麼?!」

我沒有想到，這個瘦弱的醜女人竟然真是這樣一副壞脾氣，頓時目瞪口呆。

在場的兩位醫藥代表也和我一樣在那裏瞠目結舌著。

「我們出去說。」王鑫急忙地道，同時對我說道：「你們慢慢吃，我先回去了。」

他說完後就朝外邊跑去。

他老婆看了我們一眼，冷「哼」了一聲後就出去了。

桌上的氣氛頓時尷尬起來。

「就這樣吧。」我歎息著說。

「什麼老婆啊?怎麼這樣?」其中的一個醫藥代表說。

「要是我的話，飛起一腳把她踢得遠遠的!」另外一位憤憤地道。

我不禁苦笑。

「馮主任，我們繼續吧。不好意思，想不到會發生這樣的事情。」她們隨即對我說。

我搖頭，「算了，以後再說吧。現在哪裏還有酒興?」

正說著，王鑫竟然跑進來了，「別走，都別走。氣死我了，我狠狠揍了她一頓。太不懂事了!來，我們繼續。」

我駭然地看著他。

「王處，你沒事吧?怪不好意思的，想不到影響到你們夫妻之間的感情。」一位醫藥代表歉意地說道。

我卻不相信他真的會揍他老婆，因為我並沒有在他臉上發現新的抓痕。要知道，那樣的女人如果真的耍起潑來，絕不會讓他有好果子吃的。所以我想，他肯定是用了一個什麼理由說服了他老婆。

不過，現在我卻完全沒有了喝酒的興趣，因為他剛才的那句話。

不過，我也不好多說什麼，「王鑫，今天就這樣吧。或者你們繼續喝酒，我先走了。我真的還有事情。」

我說，隨即站了起來。

「你送送他吧。」王鑫見我堅決的樣子，猶豫一瞬後，對其中一位醫藥代表說道。

「不用了。」我急忙地道，隨即趕快出門。

我一邊走著一邊在心裏想道：今後與這個王鑫儘量少接觸，一個連丁點責任都不敢負的男人，接觸下去只會有害無益。

出了酒樓的大門，我正準備往馬路邊走去，忽然看見王鑫的老婆正在我前面不遠處站著。我怔了一瞬，隨即假裝沒有看見她的樣子，直接朝馬路邊走去。

「喂！」猛然地，我聽見她在叫我。

我站住了，不過卻沒有轉身。

「你告訴我，那兩個女人究竟是你還是王鑫叫來的？」她在問。

我差點大笑出來，不過依然沒有轉身，隨即快速到馬路邊招手叫車。

「王鑫，你這個挨千刀的！」

我的身後即刻傳來了那個女人的怒罵聲……

可以想像，接下來王鑫那裏即將會發生一場什麼樣的事情。

我不禁搖頭歎息：王鑫啊，娶這樣的女人當老婆累不累啊？幹嗎不離婚？

我即刻關掉了手機。我現在不想接任何人的電話。比如王鑫和蘇華。我估計他們很可能會給我打來。特別是蘇華。她現在正處於最鬱悶的狀態中，而且獨自一人住在我的家裏。她現在一定很孤獨，或是無助。

但是我不能再和她那樣了，因為我已經背負了不少的感情債，而且根本就無力償還。

我和她都是學醫的，而且都是成年人，所以，昨天晚上發生的一切，我們都應該可以輕鬆地忘記掉。醫生這個職業的人，可能會與其他職業的人不同，我們會把肉體的東西看得不是那麼的重。正因為如此，我們才會更重視情感上的東西，也更渴求。

第九章

前妻的遺囑

她歎息，「我們沒有發現她留有遺囑。
不過，我們在她的衣服兜裏發現了一張小紙條，
從字的顏色來看，應是很多天以前寫的。」
我頓時激動起來，「那紙條上面寫的是什麼？」
她說：「五個字。馮笑，對不起。就這五個字。」
我頓時怔住了，隨即淚如雨下。

回到家裏後，陳圓並沒有問我昨天晚上幹什麼去了，她看我回家就很高興，「今天這麼早就回來了？吃飯了沒有？」

「吃了點，不過，好像沒吃飽。喝了些酒，忘記吃菜了。家裏有吃的沒有？」我問道。

「阿姨，好像還有些飯菜是吧？」她轉身對著保姆的房間大叫了一聲，保姆即刻出來了，「有，有的。我馬上去熱。」

我發現陳圓有了些變化，「陳圓，這樣的小事情，就不要叫保姆了吧？」我低聲對她說。

「你這麼累了，不可能讓你自己去做吧？我又不能沾冷水。阿姨這樣對我說的。」她說，臉紅了一下。

我頓時慚愧，因為我發現自己最近根本就沒把她懷孕的事情放在心裏，反而還在心裏責怪她。

不一會兒，保姆端上了一桌的菜，我哭笑不得，「怎麼弄這麼多菜啊？我隨便吃點就是。」

「姑爺在外面喝多了酒，回來後要多吃點東西才是。現在你還年輕，今後年紀大了就知道胃痛的厲害了。我們家那個……姑爺，你看我，話又多起來了。」保姆說著，頓時不好意思起來。

我看著她，「怎麼？你男人有胃病？」

「是啊，老胃病了。吃了多少藥都治不好，經常痛得睡不著覺。」她說，直搖頭。

「他現在什麼地方？你讓他有空就到我們醫院來吧，我找個專家好好給他看看。」我說，很真誠。

「在鄉下呢。不知道你們醫院能不能治好他的病啊？對了，姑爺，你們是大醫院吧？看病很貴是不是？」她問道。

我頓時笑了起來，「我在呢，儘量免費吧。」

她頓時高興起來，「那好，我過幾天就打電話給他說。姑爺，你真是好人啊。」

我笑了笑，忽然想起一件事情來，「阿姨，你在我們家當保姆，一個月五百塊錢是不是太少了？」

我完全忘記了去問別人這件事情，所以就乾脆直接問她了。

「已經很多了。其他保姆才三百呢。」她急忙地道。

我很詫異，「三百？這麼少？」

「包吃包住呢，一年下來五六千，不少了。」她說。

我不禁沉默。

是啊，這人與人之間為什麼如此不同呢？她認為一年能夠掙五六千塊錢就很滿意了，但是這個社會上很多的人，一年掙幾十萬都還覺得太少。

吃完飯，隨後去洗澡，隨後去到臥室。

陳圓已經躺在了床上，她笑著對我說：「哥，你看，孩子在動呢。」

她撩起了她的睡衣，我看見她白皙如雪的腹部已經微微地隆起。

我真的看見了，看見了她腹部的局部在微微地起伏。我伸出手去到了她的腹部，頓時感覺到了裏面的動靜，不禁笑了，「這小傢伙，勁兒還不小。」

她頓時笑了，「哥，你好久沒和他說話了。你現在跟他說幾句。」

這一刻，我才第一次有了即將要當父親的感覺。

第二天，剛剛上班就被秋主任叫到了她的辦公室。她給我說了兩件事情，一件是我當科室副主任的事，另外一件是蘇華已經離開婦產科的消息。

「這麼快？」我詫異地問道，隨即發現自己的話有問題，急忙地又道：「蘇華離開得這麼快？不育中心已經開始運作了？」

她搖頭，「是籌建。醫院給他們提供了場所，設備什麼的他們要先期考察。」

「哦，這樣啊。」我說。

「馮醫生，以前我不知道你在外面還有那麼過硬的關係呢。你可是我們醫院最年輕的科室負責人啊。」她隨即說道，怪怪的眼神。

「秋主任，我不明白您這話是什麼意思。」我說。我是真的不明白。

「呵呵，沒什麼。」她笑道，「不過這樣也好，你很年輕，學習起來容易。我過一年就退休了，今後我返聘的事情，還得靠你啊。」

「秋主任，您說什麼呢。」我很不好意思了。醫院裏面有一條不成文的規定，凡是退休的老專家都要返聘到科室繼續工作，待遇依舊。這樣既符合國家退休的政策，又可以解決醫院專家不足的問題。畢竟老專家對醫院來講是一筆可貴的財富。現在秋主任就對我說這樣的話，其實毫無意義，她今後被返聘是肯定沒有問題的。不過，她前面的話倒引起了我的注意。難道我當上這個副主任，是因為外界的因素？常育？還是林易？

我心裏頓時不高興起來。我是醫生，是從事專業技術的人，這樣的事情，只能讓我感到恥辱。所以，我覺得自己必須向秋主任問清楚這件事情，「秋主任，您剛才那句話是什麼意思？您的意思是說，我當這個副主任，是因為有人給醫院領導打了招呼是不是？」

「馮醫生，我覺得這並不重要。重要的是，你自己怎麼看這件事情。且不說一個科室主任的職務，就是醫院的院長、副院長們，他們哪一個不是因為關係才上去的？那無所謂，能夠上去是他們的本事。問題的關鍵是，上去後自己如何去做，能不能發揮自己的能力，能不能把一個單位搞得更好，這才是最重要的。你明白我的意思嗎？」她即刻嚴肅地對我說道。

她的話讓我猛然警醒，我這才發現，自己差點犯了從前的錯誤：自己還是太單純了。

「秋主任，您說得太好了。我知道了。謝謝您！」

「哎！要是蘇華能夠聽我的就好了。她呀，心比天高……不過現在也好，她今後能夠在那方面有所建樹的話，也不錯。」她隨即歎息。

我暗自詫異，因為我發現她現在說出的話，好像與蘇華告訴我的不大一樣。不過，我不好問她。

隨即，秋主任召集科室的人召開了一個短會，宣佈了我任副主任的事情。平時我和科室的人都很隨便的，但是今天，我卻有些不好意思起來，隨後扭捏著說了幾句話，算是任職演講了。幸好大家沒有苛刻我的意思，在我講完了之後，還有一些稀稀落落的掌聲。

我一定要把科室的事情辦好，儘量多增加大家的收入。我在心裏暗暗地道。其實，我知道科室裏很多醫生對我任職的事情不滿，但是我相信，如果我能夠讓大家的收入更好些的話，就可以解決一切的問題。

會剛剛結束就接到了蘇華的電話，醫院裏面的內線。

「馮笑，你搞什麼名堂？從昨天晚上到現在，怎麼一直關手機？是不是當副主任了就開始傲慢起來了？」

我這才想起，自從昨晚關機到現在還沒打開它，我完全忘記了，於是急忙地道：「對不起，對不起！昨天晚上喝多了。你知道的啊，我和王鑫在一起喝酒，結果喝多了，回家後就把手機關上了，現在都沒記起來開機呢。學姐，什麼事情？」

「算了吧，那麼早就關機了，那時候你肯定還沒回家。」她說，隨即又道：「算了，我懶得說你了。馮笑，我還得找你借錢。」

我大吃一驚，「學姐，你昨天不是說不辭職了嗎？」

「誰說我要辭職了？」她說，「中午你請我吃飯吧，到時候我慢慢給你講。」

「好吧。」我說，心裏納悶：她這又是想要幹什麼呢？

放下電話後我急忙打開手機，一條簡訊頓時跳了出來。是童瑤的。我急忙打開看：「我表弟的事情辦好了，謝謝你。」時間是昨天晚上的，我關機之後。

我頓時高興起來，即刻給她撥打過去。

「馮笑，你幹嗎關機?!」那邊的她氣急敗壞。

我頓時怔住了，因為在我的記憶中，她好像是第一次這樣叫我的名字，「怎麼啦？我昨天晚上喝醉了。剛才開機。」

「不是昨天晚上，是剛才。真是的！」她說。

「怎麼啦？出什麼事情了？」我心裏猛然地緊張了起來：難道……

「你馬上到我們刑警隊來。哦，不，還是我來接你吧。哎！」她說。

我心裏頓時慌亂起來，「喂！」

可是，她已經掛斷了電話。

難道趙夢蕾她，她真的出什麼事情了？我急忙再次給她撥打過去。

「你現在別問，我在開車，一會兒慢慢告訴你。」她說，隨即又掛斷了電話。

我頓時心亂如麻。

就這樣癡癡地坐在那裏，我腦子裏一片空白。

一直到護士來提醒我，「馮主任，你今天的醫囑呢？」

我一時間沒有反應過來，一瞬之後才想到，自己現在已經不再是一名普通的醫生了，「哦，馬上啊。」

即刻去到病房。

丁香笑吟吟地看著我，她現在的狀態完全恢復正常了，包括她的美麗。

「馮醫生，我是不是可以出院了？」

我看了看她的病歷，「嗯，就這兩天吧。」

「那我什麼時候請你吃飯啊？」她笑著問我道。

現在的我心亂如麻，「以後再說吧。對不起，我還有事情。」說完後，我急忙去看其他的病人。

最後去到了唐小牧那裏。

「馮醫生，你看看我是不是可以出院了？」她問我道。

我拿出手機來看，發現它沒有任何的動靜。

「你跟我到檢查室去，我看看再說。」

她的情況不錯，傷口癒合得很好。

「過兩天吧，本周內可以出院了。」我對她說，隨即將手套扔到了垃圾桶裏面，轉身出了檢查室。我第一次在給病人做了檢查後沒有洗手。

剛剛開完一個病人的醫囑，電話就響起來了，當然是童瑤打來的。

「馬上出來，麻煩你等一下。」我急忙地道，隨即掛斷了電話。深呼吸了幾次，我這才稍微靜下心來，然後開始一個個開醫囑。

「你搞什麼啊？讓我等這麼久！真是的，怎麼一點不著急？剛才你不是很急嗎？」上車後就遭來童瑤的一通批評。

「對不起，我在給病人做檢查，還要給她們開醫囑，所以耽擱了一點時間。」我急忙地解釋道，隨即慌忙地問她道：「究竟出了什麼事情？夢蕾她……」

「我真不知道該如何說你。哎！不知道你究竟是一個好醫生呢，還是一個壞男人。」她歎息，隨即開動了汽車。

我很著急，「你告訴我啊，究竟出什麼事情了？」

她猛然地把車停住，隨即來看著我，「馮笑，我跟你說，你一定不要激動。你必須答應我，好不好？」

我的身體頓時軟了下去，「你別說了，我想我知道了。」

這還需要說嗎？一定是趙夢蕾她，她不幸了。這個消息來得太忽然了，我有些承受不住。

她卻在告訴我，「她昨天晚上避開了攝影機，用她棉毛褲上的帶子上吊自殺了。今天早上才發現。」

「為什麼？她為什麼要那樣做？你告訴我，她為什麼要那樣做？沒理由的啊？」我喃喃地道。我腦海裏全是那天與她見面時的場景，全是她那雙哭泣的眼睛，還有哀怨的神色。

「我們也不知道。」她歎息。

「我知道的。我不該同意和她離婚。」我的腦子猛然清醒了起來，忽然想明白了一切，頓時激動起來，「我不該同意和她離婚！不應該！她提出離婚其實是為了試探我，但是我他媽的竟然同意了！她沒有了希望，沒有了活下去的希望！馮笑，你真他媽的是個壞蛋！馮笑，你真他媽的是個壞蛋……嗚嗚！」

「你，別這樣好不好？」童瑤的聲音也忽然地大了起來，「馮笑，現在不是你激動的時候！你要冷靜下來，聽到了沒有？」

可是，我如何能夠冷靜？如何能夠冷靜！我猛然地打開車門，朝著馬路上如流的車流中衝了過去！耳朵裏響起了無數刺耳的汽車喇叭聲，猛然感覺到自己遭受到了一下重擊，然後，就什麼都不知道了。

醒來後，我發現自己在醫院裏，全身痠痛，眼前是童瑤關心憂慮的面孔。

我忽然想起了所有的一切，急忙掙扎著起床，「出什麼事情了？趙夢蕾呢？童警官，你馬上帶我去看她好不好？」

「馮笑，你太讓我失望了，想不到你竟然做出這樣的事情來。自殺？自殺能夠解決所有的問題嗎？你死了，對這件事情有什麼意義？逝者已去，活著的人還得好好生活下去才是。你現在的老婆不是已經有了孩子嗎？難道你就這樣置她們於不顧？馮笑，你怎麼這麼傻啊？」她歎息道。

「我……我沒有想要去自殺。」我低聲地道，「那時候我也不知道自己為什麼要那樣去做。只是覺得，自己實在受不了了。」

「你沒想到去自殺？那你幹嗎衝到馬路中間去？那麼多車，速度又是那麼快。幸好你命大，撞上你的那輛車是老駕駛員開的，及時把車剎住了。醫生看了，說你的傷不重。哎！真是的，想不到你竟然這麼脆弱！」她生氣地道。

我當時真的沒有想到要去自殺，只是腦子裏變成了一片空白。可是，這樣的事情，讓我現在如何向她解釋？而且，現在我關心的並不是這件事情。

「童警官，對不起。麻煩你現在帶我去看看她吧。我再也不那樣了。求求你了。」

「你先活動一下身體，看能不能走路再說。」她歎息道。

我急忙下床，走動了幾步，發現除了腿上有些疼痛外，其他的倒是沒有什麼問題。我感覺到自己的腿上應該是外傷。於是，我急忙撩起褲子來看，果然，一大團淤血。

「沒事。」我說，隨即問她道：「現在是什麼時候了？」

「中午。」她說。

「哪天的中午？」我又問道，因為我覺得自己好像昏迷了很久。

她頓時笑了起來，「就今天啊。看來你真是昏頭了！」

「對不起，給你添麻煩了。」我朝她歉意地道，很不好意思。

「哎！你這人，都這麼大了，怎麼還像個孩子似的啊？走吧，要不要我扶你？」她笑道。

「不用，我自己能走。」我急忙地道。

她又笑，「看不出來你還蠻保守的嘛。來吧，我扶你出去。」

她說著，就將我的胳膊扶住。

「你幹嘛啊？不會攀住我肩膀啊？真是的，還是婦產科醫生呢。」她瞪了我一眼。

我頓時羞愧起來，因為我剛才沒去攀住她的肩膀，其實是我心裏害怕，而這種害怕正是因為我擔心自己心裏會產生邪念。

對於男人來講，邪念的產生很簡單：我是男人，她是女人，這就夠了。

所以我很羞愧，因為我意識到，在這種情況下我竟然還會有著那樣的念頭。

我攀上了她的肩膀，頓時感覺好多了。內心的邪念並沒有升起。

她扶我上了車，隨即看著我笑，「馮笑，撞你的那個司機可嚇壞了。不過我幫你處理了，我讓他離開了，沒有讓他賠償。怎麼樣，你不會對我有意見吧？」

我更加汗顏，「應該我賠償他才是，他的車沒被我撞壞吧？」

「好啦，別說這個了，我們走吧。」她說，隨即去到駕駛臺上。

我頓時黯然，心中的悲痛再次朝我襲來。

「趙夢蕾的父母我們已經聯繫過了。」她對我說道，「馮笑，你們結婚的事沒有告訴過他們？」

我搖頭，「因為她是第二次婚姻，所以，她不想告訴她的父母。我也一直沒有和他們聯繫過。」

「這件事我很早就想問你的，但是怕你誤會。以前我們在調查趙夢蕾謀殺案的時候，就曾聯繫過她的父母。哎！他們根本就不認這個女兒了。現在她自殺了，她的父母在電話裏告訴我們說，就當沒有她這個女兒。馮笑，你啊，怎麼不早點去與他們聯繫呢？你是當丈夫的人，怎麼連這一點都想不到呢？」她責怪我道。

我心裏更加難受，「我，我真是……哎！」

「你怎麼不問我，她的其他事情？比如她是否留下遺囑什麼的。」她問我道。

「她有遺囑？對不起，我現在心亂如麻，完全不知道該問你什麼了。」我說的是實話。剛才，我雖然和她說了那麼多的話，但是我的腦子裏面依然是一片空白。

她歎息，「我們沒有發現她留有遺囑。不過，我們在她的衣服兜裏發現了一張小紙條，從字的顏色來看，不應該是她昨天晚上寫的，而是很多天以前。」

我頓時激動起來，「那紙條上面寫的是什麼？」

「五個字。」她說，「馮笑，對不起。就這五個字。」

我頓時怔住了，隨即淚如雨下。

「你明白她這五個字是什麼意思嗎？」童瑤在問我。

我號啕大哭，「她，她一直覺得和我結婚是我虧了。因為，嗚嗚，因為我是第一次婚姻……」

「哎！」她發出了長長的歎息聲。

看守所內，一間空屋子裏面。在屋子的正中央，擺放著一張用木板臨時搭就的床，床的上面，一張白色的床單覆蓋著一具屍體。

「你自己去看吧，我們在外邊等你。」童瑤對我說，隨即對陪同我們一起來到這個屋子裏面兩位員警說道：「我們都出去吧。沒事，他是我朋友。」

我的耳後即刻響起了他們出去的腳步聲。

當我進入到這個屋子，看見床上那張白色布單的那一刻，我的眼淚再次流下，但是，我發現自己竟然在那一刻清醒了許多。

「夢蕾……」我朝著那張白布單下面的她輕聲喚了一句，然後，緩緩去到她的身旁，輕輕揭開白布單她頭部的部分……是她，趙夢蕾，我的妻子。

現在，她的模樣好可怕。滿臉的青紫，雙眼突出，舌頭也在她嘴唇的外面，還有，她的頸部有著深深的淤痕。如果不是她嘴角的那顆小痣，還有她耳廓上那道特有的傷痕，我根本就認不出她來。她曾經告訴過我，她耳廓上的那道傷痕，是她前夫用指甲抓傷的，當時她的那個地方被抓掉了一小塊肉。

「夢蕾，你何苦要這樣呢？你幹嗎要寫那份離婚申請啊？」看著她，我淚眼朦朧地問道。

「夢蕾，我對不起你，我混賬，我不是人。你以前對我那麼的好，但是我卻不知道珍惜，現在，我後悔已經來不及了。」

「夢蕾，我同意離婚也是為了你好啊，可是，我不能告訴你那些事情啊。你幹嗎要這樣做呢？我知道你對我很失望，你這樣做，是為了懲罰我是不是？我知道自己錯了啊。」

「夢蕾……嗚嗚！夢蕾……」我泣不成聲。猛然地，我發現她的嘴角好像動了一下，頓時大喜，猛然地揭開那張白布單，急忙去抓起她的手腕，「夢蕾！你沒死啊？太好了，太好了！」激動中，發現自己抓住她手腕的手在顫抖，以至於根本就感覺不到她給我的任何感覺。

「馮笑，你幹什麼？」這時候，童瑤和那兩個員警快速地衝了進來。我急忙大聲地，激動地對他們道：「她，她沒有死！真的，我剛才看見她的嘴角動了一下。」

那兩個員警頓時駭然的樣子。

童瑤卻在搖頭，「馮笑，你出現幻覺了。你不是正抓著她的手腕嗎？你感覺一下她還有脈搏沒有？」

我一怔，頓時頹然。

我的手上哪裏有她的脈搏?!分明是一片冰冷，而且悄無聲息！

童瑤過來拉住了我的胳膊，「走吧，馮笑。按照這裏的規定，還要對她進行驗屍檢查。你是醫生，不會反對吧？」

我沒有動，直直地看著趙夢蕾的嘴角，我不相信自己剛才那是幻覺。可是，她卻沉靜地躺在那裏，根本就沒有任何的生命跡象。

我動了動自己的身體一下，猛然地明白了，剛才自己的那種感覺，原來是來自於頭頂的燈光。

「走吧，我帶你來這裏已經有些違規了，我們不要為難人家。」童瑤柔聲地勸說我道。

我揩拭了自己的眼淚，然後隨著她走出了這個屋子。

看守所外面，童瑤的車上。

「馮笑，你現在是不是想喝酒？我陪你怎麼樣？」她對我說。

我搖頭，「我不想喝酒。」

「那我送你回家吧。好嗎？」於是她說道。

我不說話，一會兒後，我問她道：「童警官，請你告訴我實話。按照你們現在掌握的案情來看，如果她不自殺的話，她會被判多少年徒刑？」

「她有自首的情節，而且認罪態度很好，還有就是，她有被虐待的情況。我想，最多也就是個無期吧。如果律師請得好的話，十多年也很難說。」她回答。

我點頭，輕聲地道：「是啊，她為什麼要自殺呢？曾經她遭受到那麼痛苦的折磨，那麼的絕望都沒有自殺，這次她是為什麼啊？」

「馮笑，你別再想這件事了好不好？你這個老婆太聰明了，聰明人的想法往往與眾不同。」她勸慰我道。

「不。」我說，眼淚再次流下，「我知道她是為什麼，是因為她的這個希望被我硬生生地給破滅了。童警官，我真的太混賬了，真的太混賬了……」

「馮笑，既然說到這裏了，那我問你兩件事，希望你實話告訴我。」她隨即說道。

「她都不在了，我還有什麼需要保密的？」我說。

「第一件事，你真的事先不知道她謀殺她前夫的事情嗎？」她問道。

我搖頭，「我真的不知道。那天她確實在我那裏啊。她到了我寢室裏，然後去給我洗衣服，中午我們一起吃飯，下午一起上街，一直到吃完晚飯後，她才回家。要不是宋梅告訴我她是利用猩猩殺人的話，我根本就不相信那件事是她幹的。」

「什麼？她用猩猩殺人？」她驚訝地問我道。

「宋梅告訴我的啊。」我心裏頓時一震，「雖然至今我不明白她具體是怎麼操作的，但是我覺得好像是那樣的。其實在我心裏，一直都不願意去細想那件事情。童警官，難道不是那樣的？」

「真的是宋梅告訴你，趙夢蕾是那樣謀殺她丈夫的？」她依然詫異地問我道。

「是啊？怎麼啦？難道不是？」我問道，心裏頓時隱隱地感到不安。

「奇怪，宋梅怎麼會這樣告訴你呢？」她喃喃地道。

我似乎明白了，因為童瑤說的是「宋梅怎麼會這樣告訴你呢」而不是「宋梅為什麼會告訴你」，於是我急忙地問道：「童警官，難道夢蕾的那個經過不是那樣的嗎？」

她搖頭，「根本就不是！怎麼可能？」

我看著她，她隨即告訴了我，趙夢蕾向警方自首的那個作案過程——

第十章

淡漠的婚姻模式

我發現，自己似乎對她越來越淡漠了。
彷彿正在重複著我與趙夢蕾曾經的那一切。
馮笑，難道你得到了她，就不再覺得珍惜？
難道要在同樣事情再次發生後，才知道內疚與後悔？
與其如此，那你何不從現在好好珍惜，好好愛護她呢？

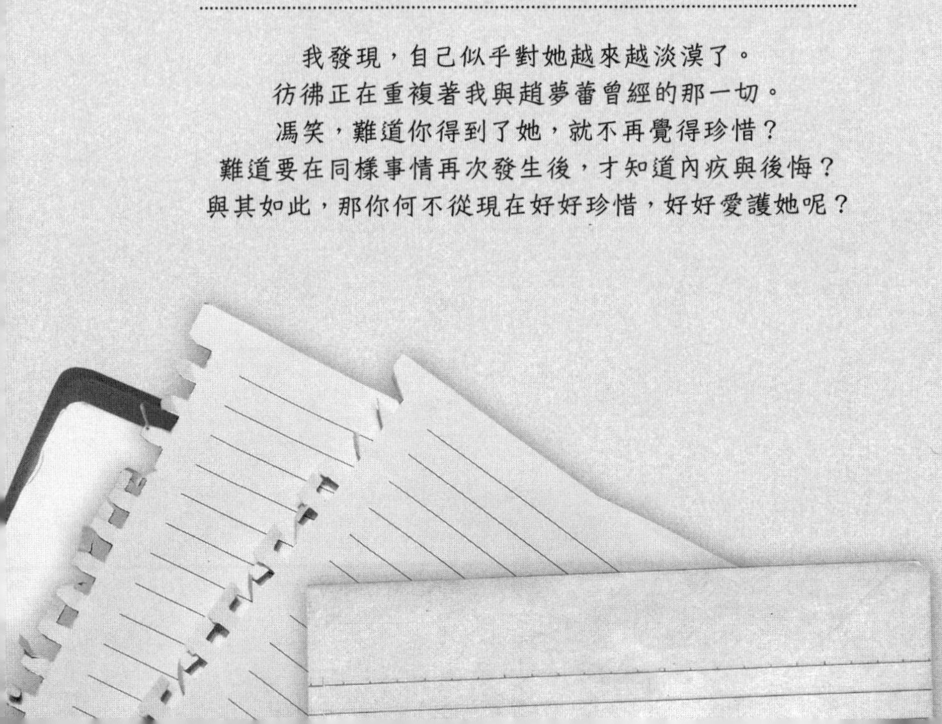

那天，趙夢蕾的前夫一大早回到家裏，她用早就準備好的一種無色無味、容易揮發的麻醉物將他迷倒。

那種藥物的作用只是讓他的身體不能動彈，但卻可以讓他的大腦保持一定的清醒。隨即，她將他的嘴巴用一塊抹布塞住，然後將一把刀子放在他的右手上，然後替他將他的左手腕割破。

她替他割破的那個傷口恰到好處，血液只能慢慢地流出。隨後她就出了門。

當她晚上回去的時候，才將他嘴裏的那塊抹布取出來，用剪刀剪碎，然後放到馬桶裏，將它們沖得乾乾淨淨。隨後，她才開始報案。

她回家的時候，他早已經死去了。由於麻醉藥物容易揮發，而且無色無味，所以，她在現場根本就沒有留下任何的痕跡。

事情就是這麼的簡單。

「我們一直很懷疑這個案子，因為死者沒有自殺的理由。他手機上的那則簡訊根本就不至於讓死者自殺。而且，我們查了那條簡訊，根本就找不到機主。反而，我們發現在事發的頭一天晚上，死者曾給家裏打過一個電話，這就說明，趙夢蕾早就知道她男人第二天一早要回家的事情，所以我們認為她完全有準備的時間。遺憾的是，我們根本就找不到她謀殺的直接證據。而且，我們在詢問她的時候，她完全沒有暴露出一絲的漏洞。正因為如此，錢戰後來才想到讓宋梅去調查這個案子。可是，宋梅為什麼會那樣告訴你呢？」她疑惑地問道。

我搖頭，說道：「我也不知道。不過，你們怎麼可以肯定……」說到這裏，我忽然停住了自己的話。因為我不想在現在還去懷疑趙夢蕾更多的事情。她已經離開了這個世界，我對她的任何懷疑都是對她的褻瀆啊！

「我明白你的意思。是啊，現在，我們究竟應該相信誰呢？從個人感情上來講，我們應該相信你妻子，但是現在兩個人都已經死了，這怎麼可以證實呢？」她鬱鬱地說。

「去動物園調查一下就知道了。調查一下，是不是有那隻猩猩的存在。」我忍不住地說道。

現在，我也很想知道這件事情的真相了，因為我開始懷疑起趙夢蕾真正的死因來。說實在話，直到現在，在我的內心裏依然不能接受她自殺的事實，或者，我不能接受自己所猜測的關於她自殺的原因。

「是啊，我們肯定會去調查的，而且已經派人去了。好啦，我現在送你回家去吧。」她說。

我搖頭，「去醫院吧。」

「你還沒有吃午飯呢，我也還沒吃，一起去吃點吧。現在都已經要到下班的時間了。」她說。

我心裏很歉意，「麻煩你送我到可以搭車的地方吧，我實在吃不下。對不起，讓你跟著我挨餓了。」

「好吧，我實在是餓壞了。」她說。

「童警官……」我叫了她一聲。

「叫我名字吧，我們不是曾經說好了的嗎？」她不滿地道。

「對不起。」我說，「童瑤，我想麻煩你一件事情。」

「這就對了嘛，你說，只要我能夠辦到的，沒問題。」她朝我笑道。

「麻煩你給他們講一下，在火化她之前，好好給她美容一下。我不希望她帶著那樣一副可怕的模樣離開這個世界。」我說，頓時浮現起她那個可怕的模樣來，心裏一陣陣疼痛。

「到時候你不去？」她詫異地問我道。

我搖頭，「我還去幹什麼呢？在她面前，我無地自容。哦，對了，前面你不是說要問我兩件事情嗎？還有一件呢？」

「對。你不說我還差點忘記了，話題被我們扯遠了。馮笑，我想問你的第二件事情是，你不是一直不想和你妻子離婚嗎？請你告訴我實話，這次你為什麼要簽字？」於是，她問道。

我頓時猶豫起來，「我記得我回答過你這個問題。」

「你說我會相信嗎？」她卻反問我道。

「事情本來就是那樣的，信不信由你。」我說，心裏在想：趙夢蕾已經走了，這件事情不能再牽連到林易那裏去。

她看著我，雙眼一直在盯著我。

「真的，我說的是實話。」我說，迴避了她的眼神。

她長長歎息了一聲，說道：

「馮笑，其實我知道是為什麼。哎！你的心是好的，但你想過沒有？有些事是絕對不能去做的。這件事情就這樣過去了，但願你今後一定要注意這方面的事。總之一句話，違法的事情千萬不要去幹。你明白我的意思嗎？」

「謝謝！我當然明白。」我說道。

我心裏彷彿明白了，她可能是從律師要求對趙夢蕾做精神病鑒定的事情上猜測到這件事情的。不過，我認為事情的真相不能從我的嘴巴裏講出來，不然的話，我會對不起林易的，畢竟人家是在幫我。

我們正說著，她的手機忽然響了起來，她開始接聽。

「明白了。」

她對著手機說了這麼一句話就掛斷了，隨即對我說道：「馮笑，宋梅是騙你的，根本就沒有什麼你妻子養的猩猩。」

我頓時怔住了。

「宋梅為什麼要那樣對你說啊？」她喃喃地道。

這一刻，我腦子裏猛然地一亮，「童瑤，我好像明白了。」

是的，就在那一刻，我彷彿真的明白了。

「你說說。」童瑤驚喜地問我道。

「斯為民的老婆曾經給我打過一個電話，她說斯為民是冤枉的，還說那個行兇的人已經逃跑了，是不是？」我問道。

「是啊，怎麼啦？」她問。

「宋梅那麼聰明，可是他卻就那樣死了，這件事難道不奇怪嗎？」我問道。

她笑道：「那樣的事，誰能夠事先知道？」

我搖頭，「不對，宋梅這個人我還是瞭解的。我覺得他就那樣死了很奇怪，他那麼聰明的人，不可能事先一點危險的感覺都沒有。」

「那你的意思是？」她疑惑地看著我問道。

「或許他是想通過夢蕾的事情告訴我，萬一某天他出了事情的話，其實真相並不是那樣的。」我說。

「怎麼可能？」她頓時笑了起來，說道：「他告訴你的時候，他離出事還有那麼長的時間，難道他可以未卜先知？更何況，如果他預感到了危險的話，早就應該有所防範了，絕不可能眼睜睜地等死，你說是吧？」

猛然地，我不由得緊張了起來，差點提起手掌，狠狠地搧自己兩耳光！馮笑，你對她說這件事情，豈不是把自己和常育捲進去了？要知道，宋梅的死，可是與那個專案有關係啊。

「對，我是胡思亂想的。」於是，我急忙地道。

「不過，我覺得你說的好像也有些道理，這個宋梅為什麼要那樣告訴你呢？」她沉思著說。

我心裏極度不安起來，「也許當時他並沒有調查清楚事情的真相，所以就只好來騙我了。」

她搖頭，「他幹嗎要騙你？」

我心裏更加不安了，因為，如果繼續說下去的話，就很可能涉及那個專案上面去了，於是我急忙地道：「誰知道他呢？這個人很怪，他的思維方式不是我這樣的人能夠理解的。」

「他的死其實也是為了錢。」她歎息道。

「民政廳的那個專案根本就沒有準備拿給他做，於是他才去找斯為民談。現在這下好了，命都沒有了，結果還牽連出民政廳原來的朱廳長，斯為民也惹下了麻煩。」

聽她這麼一講，我頓時放下了心來。不過，我心裏依然隱隱地覺得不安——宋梅的死難道真就那麼簡單嗎？

其實，剛才童瑤提到的那個問題我完全可以解釋：因為那時候宋梅雖然感覺到了危險，但他卻不敢完全相信，由此我心想，宋梅的死對誰最有利呢？

想到這裏，我的背上頓時流出了冷汗！

不，不可能的。她怎麼會幹出那樣的事情來？

現在，我發現自己的神經已經瀕臨錯亂了。

回到科室的時候，我已經臨近下班。

秋主任看到我後，滿臉寒霜，「馮主任，你到我辦公室來一下。」

我還是不大適應自己的這個職務稱謂，一愣之後，才起身跟在她的身後。

「小馮，我很失望。」進入到她辦公室後，她的第一句話就開始批評我，說道：「今天剛剛才宣佈了你副主任的任命，你竟然不請假外出！你想過沒有？你這樣做，會在科室裏面造成多麼不好的影響？好幾位年資高的醫生本來就對你當副主任有意見，你怎麼就這麼不注意呢？」

我站在那裏聽著，不說話。

「你怎麼不說話？你告訴我，為什麼？不管怎麼說，我現在還是主任吧？即使你不把我當主任，我也曾經帶過你實習，也應該算是你的老師吧？」她更加不滿起來。

我神情黯然，「秋主任，對不起，事發忽然。我妻子，她死了。」

她大吃一驚，「什麼？什麼時候的事情？怎麼死的？」

「秋主任，請您不要問了。對不起，是我沒處理好今天的事情，雖然我有理由，但是不請假外出確實是事實。秋主任，請您按照科室的規定扣我的獎金吧。我不會有意見的。」我說道。

此時心裏實在覺得堵得慌，不是因為她的批評，更不是獎金的事情，而是因為她撩撥了我心中的悲痛。

「小馮，你沒事吧？對不起，我不瞭解情況。這樣吧，你趕快回家，今天的事情我明天一早向科室的醫生們做個解釋。你家裏出了這樣的事情，大家會理解的。」

她歎息說道：「哎！小馮啊，你說我們科室最近這一兩年究竟是怎麼了？不好的事情一件件地出來。好了，沒事了，你趕快回家去吧。明天你也可以留在家裏處理你自己的事情，再多請幾天假也行。」

「不用了，明天晚上我的夜班。再說，我現在心情不好，值夜班可能還是一種解脫。對了，秋主任，我的獎金一定要扣，即使我有再充分的理由，但私自離崗總是事實。如果今後都這樣的話，科室裏就無法管理了。秋主任，請您務必尊重我的這個意見。」我說。

「小馮，想不到你能夠考慮得這麼深。好吧，就這樣。」她點頭道。

隨後去到飯堂，簡單吃了點東西後，才給蘇華打電話，忽然想起她說今天中午要和我一起吃飯和借錢的事情，不禁歎息。

「我想回家去一趟，你在嗎？」電話通了後我問道。我身上沒有那裏的鑰匙。

「你終於想起給我打電話啦？你這人真是的，說好了的事情，不算數。」她很不滿地道。

「我現在想馬上去那裏，你在嗎？」我心情煩悶，不想和她說其他的事情。

「在呢，你想我了？」她的聲音變得甜膩起來。

我即刻地掛斷了電話。

很快就到了那裏。敲門。

她打開了，就站在我的面前，臉上紅紅的，似笑非笑地在看著我。

我側身而進，然後直奔臥室。

「別那麼著急嘛。我們先說說話。」她在我身後說道。

我沒有理會她，直接去到梳粧檯處，然後將那裏的抽屜一個個打開，仔細去看裏面的東西，沒有找到我想要的東西。

「你在幹什麼？」蘇華在我身後詫異地問。

「學姐，你去看電視吧，我現在心情不好。」我不想再像剛才那樣，因為我不想引起她的不快，現在我已經夠煩的了。

「出什麼事情了？」可是，她卻並不理解我現在的心情。

「學姐，你別問了。」我說。

現在，當我看到化妝台裏面她的那些私人物品的時候，睹物思人，頓時再也控制不住眼淚，「她，趙夢蕾她死了。你別管我，我想找找她是否留下過什麼遺言。」

她輕呼了一聲後說道：「她進去那麼久了，怎麼可能在這裏留下什麼遺言呢？」

我沒有回答她。

蘇華，你不知道的，你不知道她有多聰明。我在心裏告訴我身後的蘇華。身後頓時沒有了她的聲息。我繼續尋找。梳粧檯裏面是她的首飾和化妝品什麼的，東西不多，但是很整潔，所以，我幾下就看完了。然後去到床頭櫃處。

以前，我從來沒有在家裏去翻看任何東西，每天回家就是睡覺和吃飯，最多也就是看看電視。現在，當我打開我這一側床頭櫃的時候，發現裏面空落落的。然後，我又去到她平常睡覺的那一側。裏面竟然有一個漂亮的盒子！像是曾經裝過高檔巧克力的那種金屬的盒子。我頓時激動起來，急忙去打開。

裏面是存摺和銀行卡。

我心裏不禁失望，因為這並不是我要找的東西。但是，我還是有些好奇，因為我想知道，她究竟有多少錢。兩張存摺，一張裏面有二十多萬，另一張裏面是整整的五十萬。銀行卡有三張，分別是工行、建行和交行的，當然看不到裏面究竟有多少錢，不過，我猛然發現，在盒子的底部有一張紙條。

我的心開始顫抖起來，手也在顫抖。我去拿起它，展開，裏面果然有字：馮笑，存摺和銀行卡的密碼，都是你身分證最後面的六位數。

就這些字，再也沒有了其他。

我心裏更加激動與難受起來，早已經乾枯的淚水再次開始流淌。我相信，她應該還給我留下了其他東西。

現在看來，趙夢蕾並沒有故弄玄虛，只是她把有些東西放在了她認為該放的地方罷了。可惜的是，我對她太不注意和瞭解，以至於我現在不得不一處處地去尋找。

將存摺和銀行卡放回到床頭櫃的抽屜裏面，然後又到衣櫃處。在這裏面我的衣服早已經拿走，剩下的全是她的東西。我一件件去看，去摸，但卻什麼也沒有發現。

在臥室裏面看了一圈，我發現再也沒有什麼地方可能會被她放東西了，然後去到客廳。

客廳雖然大，但是傢俱卻並不多，有櫃子和抽屜的就只有電視櫃，以及餐桌後面的那個小酒櫃了。小酒櫃我當然不會考慮去看，因為那地方我曾經看過，那裏只有酒和茶葉。

電視櫃下面的抽屜裏面全部是韓劇碟片，除此之外別無其他。

我有些失望，頹然地去坐到了沙發上面。

我在想：從她在存摺和銀行卡那地方留下的條子來看，她應該還留有其他的東西。忽然想起，她那天離開前留下的那張紙條，難道就是那個？就只有那個？

電視是被蘇華打開著的，不過聲音很小。我沒有發現蘇華的影子，估計她是不想影響我，然後就出去了。

我坐在沙發上，將自己的身體完全靠在靠背上面。我在想：這件事情我真的做錯了嗎？難道我想救她出來，反而導致了她的死亡？假如我不去想那件事情的話，讓她在監獄裏面待上十多二十年，那樣做才是真正正確的嗎？現在，我有些不相信林易的那套所謂的預測來了，如果他真的可以預測的話，那麼趙夢蕾的事情，他應該對我早有提示。

蘇華回來了，她手上提著許多東西。

「馮笑，我出去買了些酒菜。我想你今天肯定心情不好，我陪你喝點吧。前天你陪了我，今天我得陪你了。唉！我們學姐弟都不順啊。」

「我不想喝酒。」我說。

現在，我並不想麻醉自己，因為我心中還有很多疑惑沒有解開。而且，我內心充滿了悔恨與內疚，在這樣的情況下，我根本就不想喝酒。

「那就吃點東西吧。你看，我買了好多好吃的。」她說，「有涼拌豬耳朵、豬肚、醬牛肉、鹵鴨子，還有其他的。來吧。馮笑，你現在最需要的是忘記那件傷痛的事情。我陪你說說話，可能就好了。」

我不說話，因為我感覺到自己心裏有一種說不出來的東西。我不知道那究竟是什麼，只是感覺到心裏鬱悶難當，很不舒服。

「來吧，你來吃點。你看，我專門去買的。」她說，隨即來拉我。

我心裏彷彿亮堂了一下，「不，我不喝酒。我去書房看看。」

是的，如果趙夢蕾要留給我東西的話，那裏才是最可能的。因為那是她專門給我製造的一個私人空間。她曾經對我說過，我需要一個安靜的地方看書，所以，書房完全是根據我的需要設計的。

即刻去到了書房，在打開燈的那一刻，我的心臟頓時劇烈地跳動起來——我第一眼就看見了書房的牆壁上掛有一件夾克。

我想起來了，趙夢蕾去自首前的一個晚上，看見我正在書房的電腦上查看資料，她就拿了這件衣服進來，對我說：「天氣冷了，你披上它。」

她當時把衣服拿進來遞給我之後就出去了，我把那件夾克披在了身上，不一會兒就覺得不大舒服，有些嫌它礙事，於是就把它掛到了牆壁上面。

那件衣服就是從那天起一直被掛在那裏的。

我快速地朝那裏跑去，然後從牆壁上將它取了下來，急忙去摸索它的每一個口袋……

竟然摸到了！

在夾克裏面的那個口袋裏，硬硬的。我把它取出來，發現是一個信封。我急忙打開，裏面是一封信，我熟悉的筆跡——

馮笑，這是一封賭博我性命的信。

我一直在想一件事情，就是我在你心裏，究竟處於一個什麼樣的位置。

我想好了，幾天過後，我就會去自首。因為我發現，自己實在不能像這樣生活在恐懼中了。自從那件事情發生後，我幾乎沒有一個晚上不做噩夢。

如果你今天晚上看到了這封信，我會馬上把曾經發生過的一切都告訴你，然後，由你來替我決定我的未來。不，或許是我們的未來。

如果你願意，我們可以一起出國去，到一個世人找不到我們的地方去，比如世界的盡頭冰島。你放心，我手上的錢夠我們一輩子使用的，只要我們不太浪費。到時候，你可以開一家診所，我開一家寵物店，我們一樣可以生活得很好，即使是在異國他鄉。

如果你在我自首後的過幾天才看到這封信的話，那也沒關係，因為我會在離開之前，告訴你一件事情。我會告訴你，我會讓律師通知你我們離婚的事情。如果你同意，同意在離婚通知書上簽字的話，我會毫不猶豫地結束自己的生命。因為，如果你同意和我離婚，那就說明，這個世界已經沒有任何需要我留戀的東西了。所以，如果是在這種情況下你看到了這封信，或許你會改變主意，因為我相信，你應該不會願意看著我去死的。

馮笑，也許我這樣做太殘酷，對你也很不公平。但是，你知道嗎？我需要的是一位愛我的丈夫，從心裏愛我的丈夫。我只要你在心裏愛我就行了，即使你在外邊有多少個女人都行，唯一的是，我不准你愛上她們。

我這個條件不過分吧？所以，即使我被判多少年的刑，在你等待我的期間，你也不會寂寞的，因為我同意你去找其他的女人，還可以花我留給你的錢去找女人。馮笑，你可能會覺得我很奇怪是吧？是，我承認，那個人讓我變得有些變態了。現在，我需要的並不多，只是需要一個真正愛我的人。

馮笑，我知道的，高中的時候，那時你是喜歡我的，這次與你見面後，我也看得出你依然喜歡我。可惜的是，我結婚了。哎！你看，我又扯遠了。

如果你是在我們離婚協議上簽字後才看到了這封信，那你在看這封信的時候，我可能已經不在這個世界上了。即使是這樣，我也不會恨你，只怪我命苦。馮笑，如果真的是這樣的話，也算我給你留下了一樣東西，那就是，讓你永遠的愧疚與後悔。這也算是你應該付出的代價吧。

我們高中時候班上的同學大約有六十個人吧？最近我總是會去想他們，但卻發現，他們在我的腦海裏都已經變得模糊了，唯有你還是那麼的清晰。不是你現在的樣子，而是那個時候。看來我們能夠在一起，是上天註定的啊。現在，我想用這封信問問上天，看它究竟是要讓我活著呢，還是死去。

現在，我還不知道結果，但你看到這封信後，就知道結果了，上天給的結果。

馮笑，我這個人很執著的，不會中途改變主意。所以，你看到的結果絕對是上天的意思。好了，就這樣吧，這封信也可以算是我和你做的一個遊戲吧，至於結果究竟是怎麼樣，一切都靠上天來決定吧。

你的夢蕾

我相信她可能會留下一份東西給我，但是，萬萬沒有想到她留下的竟然是這樣一封內容的信。我已經沒有眼淚了，只有無盡的痛苦與自責。她這哪裏是在問上天啊？明明是想知道，我究竟是不是在乎她、注意她啊。

那天晚上，要是我稍微注意一下，就會發現這封信的，那樣的話，現在的這一切都不會發生。即使那天晚上我沒有注意到這封信，如果在她自首後最開始的那段時間注意到它，也不會發生現在的這一切啊。

可是，那段時間我在幹什麼？在幹什麼……

「你還好吧？」不知道在書房裏面坐了多久，忽然聽到蘇華在問我，才讓我回到了現實中來。

「蘇華，你買了酒菜的，是吧？」我問道。

「是啊，你餓了沒有？」她問道。

「我想喝酒。」我說，隨即將那封信放在了衣服口袋裏面，然後出了書房。

這下，她反倒擔憂起來，「馮笑，你沒事吧？」

「沒事，你不是說要陪我喝酒嗎？來吧，我們喝點。」我說，隨即坐到了餐桌上，用手抓了一條豬肚吃下，「味道不錯。」

她看著我，滿眼的猜疑，「馮笑，你剛才在裏面待了那麼久，發現什麼沒有？」

我沒有回答她，而是隨即問她道：「蘇華，你相信命運嗎？就是傳說中一個人的命運會被上天控制的事情。」

「我相信。」她說。

「比如說我吧，總是努力想做好每一件事情，但結果卻搞得一團糟。事業沒有了，家庭也破裂了。你呢？雖然家庭的事情很不幸，但年紀輕輕就當上了科室的副主任，這裏面很大的因素是因為你是男人。我們科室裏面以前有老胡在，結果他出事情了，要是他不出事情的話，這個副主任的位置輪得到你嗎？這就是命運啊。現在我可是想明白了，什麼事情就順其自然吧。哎！本來想辭職的，結果半途被拉了回來。我現在認命了。」

我不語。

「馮笑，你沒事吧？你不相信命運嗎？你說，我和你，以前你從來沒有想到我們會發生那樣的事情吧，可是它卻偏偏就發生了！有句話是怎麼說的？對了，是叫『百年修得同船渡，千年修得共枕眠』，你說，我和你不也是一種天意嗎？」她看著我說，雙目裏面波光流動。

「學姐，你不要說那件事情了好不好？今天她走了，留給我的全是後悔和內疚。現在，我真的很痛恨我自己。從今往後，我再也不會像從前那樣了。學姐，那天晚上的事情，我們很不應該的。」我說，隨即站了起來，「不喝酒了，我得馬上回去了。我不想這樣的事情在我現在的妻子身上再次發生。對了，你要的錢，我明天給你帶來。」

「馮笑……」她叫住了我，「你怎麼不問問，我拿錢去幹什麼？」

我已經打開了門，沒有轉身，「隨便你吧。」

回到家後，我直接躺倒在了床上。

當時陳圓還在看電視，她急忙跑了進來，「今天又喝酒了？」

我搖頭，隨即從衣服口袋裏摸出了那封信，朝她遞了過去，「你看看吧。」

她狐疑地接了過去，然後打開，「哥，這是什麼啊？」

「這是我造的孽。」我說道。

「你看看吧，從今以後不要什麼事情都聽我的，我做得不好的地方，你要多管我才對。我這個人意志薄弱，需要別人好好管管才行。陳圓，我不希望你成為第二個趙夢蕾。你明白我的意思嗎？現在看來，她這樣的結果，也是她放縱了我的緣故。」

「哥，她，趙姐她怎麼了？出什麼事了？」她問我道，聲音弱弱的。

我最煩她這樣一副小心翼翼、毫無主見的樣子了，頓時怒聲地道：「不是讓你看嗎？你看了不就知道了？」

她駭然地看著我，「哥……」

我頓時歎息，「給我吧，你別看了，她已經死了。別打攪我，讓我好好睡一覺。」

她發出了一聲驚呼。

我不想再和她說話，倒頭去到被窩裏面，和衣而睡。我的身體和神經早已經疲憊至極，或者說，我的潛意識非常想要躲避現在發生的這一切。

於是，我即刻進入睡眠之中。

忽然，我看到了她，趙夢蕾，她在朝我笑。

「夢蕾……」我忘記了她已經死去的現實，激動地朝她跑去，可是，她卻在轉身看著什麼。「夢蕾……」我跑到了她的面前。她轉身。我猛然地發出了一聲驚叫！我看見，我看見她雙眼正突出，舌頭也非常可怕地掉落在她的嘴唇外面！

我猛然醒轉過來，依然還沉浸在恐怖之中，睡夢中的她，比現實中嚇人多了。

今天，我在看守所裏面看到她的時候，沒有感到任何的恐懼，但是，睡夢中的她真把我嚇壞了。

夢蕾，你別這樣，你別這樣嚇我好不好？我喃喃地對著黑夜說道。

「啪」的一聲，燈光被打開了，是陳圓。

「哥，你做噩夢了吧？」

我不說話。

「哥，她的信我看了。你不要太過自責了，好不好？這件事情是我不好，我不該和你結婚的。我也想不到……」她繼續在說。

我心裏煩悶非常，說道：「我不是說了，讓你不要來打攪我。你幹嗎還要在這裏？」

「哥，那我馬上去客房睡。」她低聲地說道，帶有哭音。

我心裏頓時一軟，「算了吧，你別管我，別關燈。」

從這天開始，我晚上再也不能關著燈睡覺了。

陳圓到了我的身邊，身體緊緊地靠著我，「哥，我給你把衣服脫了好不好？這樣很容易感冒的。」

我心裏早已經後悔，覺得不該像剛才那樣對她發脾氣。我發現，自己變得已經有些不大正常了。在趙夢蕾的問題上，我心裏充滿著內疚與後悔，同時內心深處也在責怪著陳圓。

回想起自己第一次見到陳圓時的情景，我覺得她是那麼的漂亮與聖潔。後來，她受到傷害到了我們科室住院，當時的我是那麼的心痛。再後來，她成了我的女人，一直到最近我們結婚。

我發現，自己似乎對她越來越淡漠了，越來越不把她當成一回事了。彷彿正在重複著我與趙夢蕾曾經的那一切。

馮笑，難道你得到了她，就不再覺得珍惜？難道你要在同樣的事情再次發生後，才知道內疚與後悔？與其如此，那你何不從現在開始好好珍惜，好好愛護她呢？

想到這裏，我內心的柔情頓時升起，隨即從床上坐了起來，「我自己來吧。陳圓，對不起，我心情不好，不該向你發脾氣。」

「哥，你別說了。都是我不好。」她急忙地道，雙眼在開始流淚，「哥，我現在心裏也很難受，我覺得趙姐她，她就好像是被我害死了的。」

我脫下衣褲，隨即將它們扔到了床頭櫃上面，轉身去將她摟在懷裏，說道：「陳圓，這件事情和你沒關係，你就不要自責了。所有的問題都在我這裏。要是當初我多關心她一點，多去體會她對我的關心與溫柔，也許這一切就不會發生了。她說這一切都是命中註定的，我覺得不是，其實，這一切結果都是我的冷漠與自私有關。陳圓，你說說，我究竟是一個什麼樣的人啊？我對病人可以做到發自內心的關心與溫情，但是，對自己的家人卻是如此的冷漠與麻木。現在，連我自己都不知道自己究竟是一個什麼樣的人了。哎……」

「哥，不是這樣。」她在我懷裏，說道：「你對病人，對自己的家人和朋友都很好啊。我覺得你對每一個人都很好，只不過你的愛太少了，所以就分配不過來了。」

我在心裏苦笑，覺得她的這種說法太小孩子氣了。

她繼續在說：「哥，其實我現在很相信命運的。就說我自己吧，我從小沒有了父母，在孤兒院長大，然後被送去讀書，一直讀到大學畢業，這應該算是一種幸運吧？後來到了這裏，卻受到了那麼大的傷害。不過卻因此認識了你，然後還有了你的孩子。你說這是不是一種更大的幸運呢？難道這不是命運的安排嗎？

「哥，我說一句話你不要生氣啊，剛才你睡著了的時候，我看了趙姐給你留下的那封信。我就在想，趙姐可能是太相信命了，所以才把自己完全交給了命。如果她是一個善於表白的人，或許這一切就不會發生了。但是，那樣一來，我們倆也就不可能在一起了。所以，我覺得很愧疚，因為好像是我的好運給趙姐她帶去了那個厄運似的。

「哥，其實我也是一個很相信命的人，只不過我可能不會像她那樣信得那麼深。因為與其相信命運這東西，我不如更相信你。現在我覺得，有了你，我的世界就是完整的了。

「哥，我還有一點和趙姐不一樣，因為我現在已經有了我們的孩子。我知道自己不能要得太多。上天其實是很公平的，一個人得到了太多，就會引起別人的妒忌，也會惹來上天的懲罰。哥，現在我就感到有些惶恐了，因為我發現自己，不，是我們，我發現我們得到的東西，都太多了。」

她依偎在我懷裏輕聲地說著，我靜靜地在聽。

這一刻，我感覺到自己的內心竟然是如此的寧靜。不過，她的話讓我感到了一絲的震動，因為我沒有想到，她的內心竟然也有著與我同樣的惴惴不安。而且，她剛才竟然沒有提及她找到自己母親的事情，難道她對施燕妮還是不肯原諒？

忽然想起趙夢蕾留下的那筆錢來。陳圓剛剛說到的那句話，讓我忽然想起了這件事情來。

很明顯，趙夢蕾是把那筆錢留給了我。可是，我怎麼可能會去使用它們呢？剛才陳圓說我們得到的東西太多了，她的那句話讓我頓時也感到惶恐起來。

「陳圓，你說得對。今天晚上我在我以前住的地方發現了她留下了存摺和銀行卡，裏面有很多的錢。她當初也給你捐了錢的，所以，我想把她留下的那些錢，以她的名義全部捐出去。也許這樣才會讓她的靈魂得到一些安慰，因為，她這個人的本性是很善良的。」

「嗯。」她說。

「現在，我們家裏已經這麼多錢了，而且，我和你的收入都不低。錢是好東西，但是，我覺得要得到它們，必須經過自己努力得來才好，不然的話，用起來會心裏不安的。」我說道。

我在說的同時心裡在想：「可是，把那些錢捐到什麼地方去，她才會高興呢？」

「她生前最喜歡什麼？」她問我道。

我一怔，隨即搖頭道：「不知道。」

我心裏再次難受起來，是啊，她最喜歡的是什麼，我都不知道的啊。

「你慢慢想吧，想好了再說。這件事情不要著急，總得要找到她可能最希望你捐出去的地方才可以。哥，上大學的時候，有一次我去廟裏，聽到那裏的和尚說了一句話，我覺得他說得很有道理的。」她說。

「什麼話？」我問道，心裏在想：看來她心裏還真的很相信命的。

「那個和尚說，他們去給死人做法事，其實真正超度的，是我們活著的人。後來我就想，人死了可能什麼都不知道了，心裏不安的，其實是他們生前的親人們。所以，我覺得讓自己心安才是最重要的。哥，你說是嗎？」她說。

我的內心猛然一震。

陳圓說得對。所以，在一年之後，我把趙夢蕾的那筆錢捐了出去，以她的名義。

我的這個決定，完全是因為聽到了一個消息——那時候，我和趙夢蕾曾經就讀過的那所中學給我發來了請柬，邀請我回去參加母校建校五十周年的慶祝活動。在那份請柬的後面，竟然留有學校的帳號，意圖很明顯。

當時我看了那個請柬後，隨即將它放到了自己辦公桌的抽屜裏面，因為我覺得他們這件事情做得有些好笑。

回想起自己讀高中的時候，我們班上一位男同學因為家裏貧窮吃不上飯，結果在課堂上面餓得暈了過去。可是，我們的那位班主任老師卻隔三差五地當著全班同學的面找他催要學費！後來，還是我們班長私下讓我們捐款，才替那位同學解決了問題。所以，我對自己曾經就讀的那所家鄉學校並沒有多少感情。

當時，最憤怒的是歐陽童，他後來考到距離我們省最遠的地方去上學，估計也有這樣的因素。

可是，後來我接到了一個電話，就是那個電話讓我改變了看法。

「母校舉行五十周年校慶慶典，同學們都在捐款。聽說歐陽童捐了五百萬，母校用他的名字命名了一所教學樓。」

我當時聽了心裏頓時一動，「歐陽童現在什麼地方？」

「不知道。據說他的那筆錢是一年前捐到學校的。現在學校到處在找他，但是，據他的家人講，他早已經在多年前就定居到國外去了。」

我心裏頓時明白了。歐陽童可能是想在生前安排好一些事情。

接下來，我做的第一件事情，就是給趙夢蕾的父親打一個電話。我羞於去見他，花費了很多時間才找到了她父親的聯繫方式。

我告訴她父親說，趙夢蕾留下了一筆錢，希望他能夠替自己的女兒安排一下那筆錢的用途。我打那個電話，是因為我覺得自己沒有替趙夢蕾安排那筆錢的權力。可是，她父親卻隨即在電話裏朝我扔下了一句冷冰冰的話來，說道：「我沒有這個女兒。你打錯電話了。」

我不相信自己打錯了電話，他說話很明顯是我家鄉的那種口音，而且，我是通過童瑤找到他的聯繫方式的。員警做那樣的事情並不難。由此，我不禁疑惑：她人都已經死了，你這個當父親的，怎麼還不能原諒她？難道她不是你的女兒嗎？

許多年後，我才終於知道了其中的緣由，不禁唏嘘不已。當然，這是後話。

不過，在那個電話後，我終於決定了一件事情，那就是把趙夢蕾的那筆錢，捐給我們曾經的母校。

當時我直接給母校現任的校長打了電話，說道：

「我是貴校曾經的學生趙夢蕾的律師，她決定向她的母校捐獻人民幣三百萬元。她唯一的要求就是，在母校的荷塘邊種上一棵銀杏樹……」

當然，後來學校竟然花費二十萬，買了一棵百年老樹，種在我指定的地方，同時，為了救活那棵因為移栽瀕臨死亡的樹，還花費了不少的錢，這是我始料未及的。

不過，學校在這件事情上做得還是比較人性化的，因為他們在調查得知趙夢蕾的真實情況後，還那樣去做了，而且，還在那棵樹上面掛了一張小木牌：學生趙夢蕾捐。

我也暗自慶幸，自己沒有要求學校設立「趙夢蕾獎學金」什麼的。

那天給我打來電話的，是我們班上曾經那位很貧困的同學，他叫康得茂。中學畢業後，大家就一直沒有了他的消息，可是就在趙夢蕾自殺後的第三天，他竟然出現在我們醫院裏。

因為，我們曾經那位班主任生病了。

昨天晚上，我和陳圓說了很久的話。我發現，那樣的交流可以讓我的內心得到巨大的平靜。在此之前，我和陳圓幾乎沒有過那樣的交流，就如同我曾經與趙夢蕾一樣。

早上醒來後，我頓時覺得精神好了不少，同時也在心裏告訴自己說：馮笑，你已經對不起一個女人了，千萬不要再讓陳圓有同樣的結局。

剛剛上班就接到了一個電話，「馮笑，你還記得我嗎？」

這樣的電話我經常接到，打這樣電話的人大多是熟人，偶爾也只是曾經有過一面之交的人。但是，他們往往都一樣——想通過我找到一位好點的醫生看病。

這次也一樣，不過有一點不一樣，因為他是康得茂，又一位我中學時候的同學。

「你傢伙，聽說你當婦產科醫生了？好工作啊。哈哈！我是康得茂。」對方在電話裏面大笑道。

本來我很想馬上掛斷電話的，但當我聽到他後面自報名字後，頓時就呆住了，隨即便是驚喜，說道：「康，康得茂！你從什麼地方鑽出來的？」

「還不錯，你居然還記得我。我現在你們醫院外科大樓的外邊。」他說，很愉快的語氣。

我急忙跑出了科室。

外科大樓的外邊男男女女的有不少人，我在那些人裏面搜索著，但卻發現，似乎沒有自己認識的人。可是，卻忽然聽到有人在叫我，「馮笑，這裏！」

我急忙朝那個聲音看去，發現人群中一個帥氣的男子正在朝我招手。依稀地有了他的模樣，我急忙朝他跑了過去。

我不住朝他打量，「你真的是康得茂？怎麼不像了？」

現在，我真的很懷疑自己讀中學的時候究竟在幹什麼了，因為我發現，多年後見到的兩個人竟然都完全變了樣，或許那時候他們根本就沒有在我心裏留下具體的模樣。不過，趙夢蕾例外。

趙夢蕾……哎！

「我怎麼覺得你沒變啊？」他笑著對我說，隨即朝我伸出了手來。

我去將他的手握住，開玩笑地道：「怎麼？當領導了？」在我的印象中，好像只有官場上的人才習慣見面就與人握手。歐陽童就不一樣，當時他可是熊抱了我。

他笑而不語。

我頓時明白，看來他真的當領導了。

「說說，現在在哪裏高就？怎麼這麼多年沒消息啊？你怎麼找到我電話的？」

「你先別問我這個，走，我帶你去見一個人。」他說，隨即就把我朝外科大樓裏面拉。

在外科大樓腦外科的一間普通病房裏，我見到了一個人。當我看見他第一眼的時候，頓時有了一種激動，因為躺在床上的，竟是我們曾經的那位班主任老師。他也姓康。

「康老師，您到了我們醫院，怎麼不給我講一聲呢？」我問道，自己也覺得自己有些假惺惺。

他朝我笑了笑，說道：「我也是昨天晚上才住進來。還是康得茂派車來接我的。只是聽說你在這家醫院上班，通過你父親才有了你的電話的。昨天晚上到的時候太晚了，所以就沒有給你打電話。」

「哦，這樣啊。」我說，「康老師，你哪裏不舒服？」

「縣醫院說是腦膠質瘤。良性的。」他回答。

我心裏不禁苦笑。

膠質瘤從病理特性上講確實是良性的，但是醫學上把腦部的腫瘤都視為惡性，因為它們治療起來相當困難。不過，縣醫院的醫生那樣對他講也沒有錯，其主要目的還是為了讓他寬心。

「這樣吧，我去找一下您的主管醫生，請他多關照一下您。康老師，您有什麼事情也可以隨時給我打電話的。」我說道。

現在，我對康老師的那些反感早就沒有了，而且我心想，康得茂都不計較他了，何況我呢？

「馮笑，我想麻煩你一件事情。」康老師對我說。

「您說吧。」我當然滿口答應。

「你能不能讓他們把我調到一間單人病房去？我可以報賬的。」他說。

「我去問問吧。」我說。隨即，我去往醫生辦公室。

「馮醫生，沒辦法啊。我們科室裏的單人病房現在住的都是領導，一時半會兒挪不出來啊。單人病房就那麼幾間，你是知道的。」可是，主管醫生卻很為難地告訴我這樣一個情況。

我沒辦法，雖然覺得這會讓我很沒面子，但又不得不去給老師回話。

康老師聽了我的回覆後，頓時不高興起來，說道：「那我要轉院。」

我急忙地道：「康老師，您現在住的病房雖然差了些，但在本省，我們醫院的腦外科可是最強的啊。您這情況必須得做手術，這可是開不得玩笑的。」

「這樣的病房我怎麼住嘛。不行，我必須得轉院。」他說，「你們醫院是我們縣的定點醫療單位，必須得你們開出轉院單，我才可以報賬。馮笑，那我就麻煩你幫我去開一張轉院單吧，我要轉到軍隊醫院去，那裏的條件好。」

「康老師，您是來看病的呢，不是住賓館啊，您好好想想。」我繼續地勸道，覺得他有些不可思議。

「馮笑，虧你還在這家醫院工作了這麼久，虧我還是你的老師，這樣的事情你都辦不了？你看康得茂多好……」他更加不滿起來。

康得茂急忙拉了我一把，「我們出去說。」

隨即，我被他拉出了病房，「馮笑，他是病人，你不要生氣啊。」他勸我道。

我搖頭，「我當然不會生氣，不過我說的是實話。」

「算了，你想辦法給他辦一個轉院手續就是了。儘量滿足他吧。」他說。

「不是我不辦，一是因為他這樣的手術在其他醫院做不好。二是我們醫院不可能給他辦轉院手續的，因為這涉及醫療費用的問題，而且，轉院這樣的事也牽涉到醫院的面子啊。什麼情況下可以轉院？是我們醫院無法治療的情況下，你明白嗎？」我說。

「你想辦法吧，我知道你有辦法的。他畢竟是我們的老師，儘量滿足他吧。他的性格你是知道的，不然還不知會說出多少難聽的話呢。」他說。

他的話對我起了作用，「好吧，我去醫務處問問。」

「你去吧，我在這裏等你。」他說。

我很奇怪，「康得茂，難道你真的就一點不計較他嗎？」

他搖頭，「那些事情過去這麼多年了，我是他的學生，計較那樣的事情有意思嗎？」

我歎息，頓時覺得他比我崇高多了。

王鑫一看到我，就朝我瞪眼，「馮笑，你搞什麼嘛？那天晚上你可把我害苦了。」

「只能怪你自己。」我笑道，「本來我都提議散了，哪想到你還跑回來啊？」

「哎！我老婆答應了馬上回家去的，可是誰知道，她一直在下面等啊？」他搖頭。

我頓時好奇起來，「後來究竟怎麼啦？」

「還能怎麼了？她跑上來把桌子給掀翻了。哎！命苦啊，怎麼娶了那樣一個老婆啊？」他不住歎息。

我其實很想問他為什麼不離婚，但是我克制著，沒讓自己說出來。

「王處長，我可是夠朋友吧？那天晚上你說那兩個女人是我帶去的，我可沒說什麼啊？」

「本來她相信了的，可是她後來看著你先走了，頓時啥都明白了。哎！」他依然在歎息。

我差點忍不住笑了起來，「那就怪不得我了。王處長，我很佩服你的，老婆對你那麼厲害，你都可以忍受。」

「沒辦法，她對我說過，如果我要離婚的話，她就先殺了我，然後自殺。我知道，她做得出來。哎！命苦啊。咦？馮笑，你今天怎麼忽然想起來找我了？」他這才想起來問我。

於是，我把老師的事情對他講了，隨即把康得茂對我講的話送給了他。

「幫幫忙吧。我知道你有辦法的。」

「這個……」他沉吟道，隨即便笑了，「可以，不過你得答應我一件事。」

「說吧。」我心裏不大高興：怎麼這麼點事情都要交換啊？

「幫我約蘇華出來吃頓飯。她是你學姐，我知道你們的關係不錯。」他說。

我看著他，發現他並沒有表現出猥瑣的眼神，頓時知道他所說的關係不錯，指的僅僅是關係不錯。頓時，我在心裏暗罵自己做賊心虛，說道：「你找她什麼事？」

「我一個朋友想和她說點事。」他回答。

「男的女的？」我問道，忽然覺得自己的話有問題，急忙又道：「如果又是女的話，你不擔心你老婆吃醋啊？」

「我騙她說與章院長一起吃飯就是。」他低聲地回答道。

我頓時明白了：肯定又是一個女人。

「好吧，什麼時間？」我問道。

「就今天晚上吧。」他說。

「今天晚上我夜班，我給她講，你們自己去。」我說。

「也行。」他笑道，「馮笑，你有把握能夠幫我把她請出來嗎？我去請過她，她說她沒空。」

「我試試吧。應該沒問題的。」我說，心想，我肯定有把握請她出去的，就憑我口袋裏的那些錢。

「好吧，我給你開一張空白的轉院證明。我只蓋章，不填寫具體的內容。這樣我也好說話，你看這樣行不行？」他隨即對我說道。

我想了想，覺得他的這個辦法很不錯。連聲道謝。

很快就替老師辦好了轉院手續，他這才露出了笑容。

康得茂離開的時候，我再次問了他現在的工作。

他回答說：「我也是前些年才從人大研究生畢業，現在省委組織部上班。」

「啊，真的是領導啊，當處長了吧？」我問道。

他搖頭，說道：「哪裏有這麼快？我大學畢業後就在地方上工作了幾年，然後才考研究所。不過，處長的位置是遲早的事情，我們的副部長已經和我談過話了。」

「那就先預祝你了。」我說，「對不起，我今天還沒查房呢。康老師那裏就麻煩你了。」

「沒事。這樣吧，中午我們一起吃頓飯。我送康老師到那家醫院後就回來。不見不散啊。」他說。

「好。」我當然不好拒絕，「我請你吧。就在我們醫院對面。因為我今天夜班，實在走不開。」

他點頭後離開。

我沒有想到，他的出現竟然會直接帶來了兩個結果。這讓我後來更相信命運了。

請續看《帥醫筆記》之七　身世蹊蹺

帥醫筆記 之6 晴天霹靂

作者：司徒浪
發行人：陳曉林
出版所：風雲時代出版股份有限公司
地址：105台北市民生東路五段178號7樓之3
風雲書網：http://www.eastbooks.com.tw
官方部落格：http://eastbooks.pixnet.net/blog
Facebook：http://www.facebook.com/h7560949
信箱：h7560949@ms15.hinet.net
郵撥帳號：12043291
服務專線：(02)27560949
傳真專線：(02)27653799
執行主編：劉宇青
美術編輯：許惠芳

法律顧問：永然法律事務所 李永然律師
北辰著作權事務所 蕭雄淋律師

版權授權：蔡雷平
初版日期：2015年9月
初版二刷：2015年9月20日
ISBN ：978-986-352-203-4

總 經 銷：成信文化事業股份有限公司
地　　址：新北市新店區中正路四維巷二弄2號4樓
電　　話：(02)2219-2080

行政院新聞局局版台業字第3595號 營利事業統一編號22759935

定價：280元　特價：199元

國家圖書館出版品預行編目資料

帥醫筆記 ／ 司徒浪著. -- 初版-- 臺北市：風雲時代，
2015 . 06 -- 冊；公分

ISBN 978-986-352-203-4（第6冊；平裝）

857.7　　104008026